杨建英 著

那当儿

故乡童年的回忆

北京时代华文书局

图书在版编目(CIP)数据

那当儿 : 故乡童年的回忆 / 杨建英著. — 北京 : 北京时代华文书局，2021.12
ISBN 978-7-5699-4494-5

Ⅰ. ① 那… Ⅱ. ① 杨… Ⅲ. ① 散文集-中国-当代Ⅳ. ① I267

中国版本图书馆CIP数据核字(2021)第259432号

那当儿:故乡童年的回忆
NA DANG ER GUXIANG TONGNIAN DE HUIYI

著　　者 | 杨建英

出 版 人 | 陈　涛
责任编辑 | 周　磊
执行编辑 | 余荣才
责任校对 | 陈冬梅
装帧设计 | 杨德山　王　楠　西　鸿
责任印制 | 訾　敬
出版发行 | 北京时代华文书局 http://www.bjsdsj.com.cn
北京市东城区安定门外大街138号皇城国际大厦A座8楼
邮编:100011 电话:010-64267955 64267677
印　　刷 | 三河市嘉科万达彩色印刷有限公司　0316-3156777
(如发现印装质量问题,请与印刷厂联系调换)
开　　本 | 787mm×1092mm　1/32　印　张 | 8.75　字　数 | 205千字
版　　次 | 2022年1月第1版　印　次 | 2022年1月第1次印刷
书　　号 | ISBN 978-7-5699-4494-5
定　　价 | 46.00元

谨以此书献给：

故乡大马村

良乡

故乡的父老乡亲

二哥及家人

石山中学83届同学们

序一

乡愁：游子的精神“容器”

——读杨建英散文集《那当儿》*

纪红建**

收到建英从新疆阿勒泰发来的散文集《那当儿》电子稿时，我正准备前往地处祖国北疆的大兴安岭采访。于是，我带上《那当儿》出发了，白天在原始森林里穿梭采访，晚上在整理好采访笔记后，便是读建英的《那当儿》。很快，他的文字，他呈现出的记忆中的故乡场景，他所构建的精神世界，深深地吸引了我，打动着我的心灵，温暖着我的心灵。这种难以割舍、刻骨铭心的乡愁，是他，也是我们的精神“容器”。

---

*《那当儿》是本书《那当儿：故乡童年的回忆》的简称。

**纪红建，著名作家，第七届鲁迅文学奖获得者。

因为新疆与湖南有着深厚的历史渊源，并于十年前达成“加强文学交流与合作，共同促进两地文学发展繁荣”的意向，湖南省作家协会在毛泽东文学院每年举办一期新疆作家班，也因为我在文学院工作，七年前的金秋时节，我与建英相识于岳麓山下。当时，建英在毛泽东文学院第三期新疆作家班学习。在随后的交往中，阳光帅气、温和内敛、宽容厚重的建英给我留下了深刻的印象。他是一名优秀的散文家，我们聊得最多的是散文，但偶尔他也会聊到他的故乡北京。每当他说到故乡时，我总是洗耳恭听。那里也是我的第二故乡，我曾在那里当兵十多年，在我脑海中存下了许多挥之不去的记忆。虽然湖南到新疆相距数千公里，但这并没有隔断我们的深入交流。我们互相关注对方的创作动态，互相鼓励。偶尔，他还会发来新近创作的散文，如《村上椿树》《拾荒者传奇》《听鬼故事长大》《暖冬》《湘西杂记》等，让我对他的散文创作、对他的乡愁有了进一步的了解，但还不够系统与深刻。无疑，《那当儿》让我对建英的散文创作，对他的乡愁，对他的精神世界，有了更加全面、立体、丰富的了解。

《那当儿》让我感受到了建英那颗纯粹的热爱文学的心。集子分“流年碎影”“柔软时光”“乡村浅唱”“树熟流芳”“金色流年”“岁月诗章”“乡村物语”七辑，无论何辑的内容，均无造作、刻意为之，感受到的全是他对乡愁，对生活自然、真情的表达。尽管文字中建英充当的不是政治和道德裁判者，不是伤痛的抚摸者与控诉者，只是一个记忆中的或者已经发生变化后故乡乡村的见证者与呈现者，但我总能深深感受到他内心自然汹涌的情感力量。他向我们呈现的大马村的乡村物语，包括《土炕》《小卖部》《村上椿树》《大马村纪事》《听鬼故事长大》《姥姥家唱大戏》《盗花生 盗白薯》《歇后语 俏皮话》《七月枣》《八月梨》《九月柿子红了皮》《肥年》《年夜饭》《致老师——内地同学30年聚会有感》《致同学——为同学30年聚会而作》《乡村物语》等，见人见事见物，有动态也有静态，显然是一个北京西南城郊原生态的古朴村庄。透过纯粹而洁净的文字，我看到了一个游子内心深处对故乡的思念之情，也看到了他那颗纯粹的热爱文学的心，这颗心正如他笔下的大马村般原生态。正如他所说，"那年我从北京坐三天三夜火车到乌鲁木齐，又坐两天两夜汽车到阿勒泰，真有到天边儿的感觉"，于是这里成了安放他文学梦想的地方。从那一刻开始，故乡注定成为他文学表达的重要部分。

《那当儿》展现了建英朴素而精练的散文叙事能力。他的语言，他的叙事，他的故事，无一不将我深深吸引。尤其令人感叹的是他的语言，质朴得精致，精致得质朴，自然而洒脱，虽然离开故乡三十多年了，但文中依然散发着淡淡的京味儿。在《土炕》中他这样描述道："这种炉子很低，离地只有两块砖高，俗称'地蹦子'。它是在地下挖一个深坑把炉子砌进去的。这个坑俗称'炉灰坑'。这种炉子炉膛很大，炉口极小，所谓'里面蹲条狗，上面伸只手'。

炉子与炕相连，形成炉洞。连接处用一块砖：抽出来，烧坑；推进去，做饭。炉洞内安放一个小瓦缸，放满水，借着炉火热力形成一个‘土过水热’。”这样朴实而凝练的描述在作品中无处不在，对事物的描述细致入微，不急不慢，舒缓自如，节奏把握得非常到位，既打动人心，又真实可信，还引人沉思。大马村的一切事物在他的笔下逐一登场：奶奶、母亲、老师、同学、石匠，麦田、大场、椿树、麻雀、碾子、磨子、麦秸垛、小卖部，枣儿、梨子、柿子、白薯、老咸菜、炸酱面、麻酱面、打卤面、年夜饭，丰收、肥年、守岁、打猎、劁猪、起名、像蛋、懈松、唱大戏、瞎晃荡、盗花生、盗白薯、歇后语、俏皮话、听鬼故事、回家吃饭等，共同支撑起一个朴实而又鲜活的村庄。

《那当儿》构建了一个留下乡愁的精神“容器”。对于故乡一切事物的描写，建英都是那么信手拈来，自然而又真情地表达着。这种功夫，既得益于他良好的文学修养、语言叙事能力，也源于他对故乡的人及往事的无限眷念。正是他对故乡这种纯洁的情感，为我们呈现出故乡的淳朴和温暖。从文中也不难看出，故乡任何一个印记，都会引起他的种种心绪，泛起熟悉而特有的乡味儿。对于故乡，不是几篇文章或是一部作品能够表达清的，有说不完的话，道不尽的情。正如建英在文中所说：“有关大马村的话题还有很多，可我越写越觉得许多重要的都没写，而写出来的又都不满意，这真把我折磨得心力交瘁，痛苦得像草一样不能自拔。”“我心里还是空落落的，觉得还远没有写出我心中这个小村庄的皮毛。就是说,根本没有触碰到筋骨,探索到精髓,心里还有一大堆东西没写。可糟糕的是,又根本写不出来了。”这是他自谦的表达,更是他对故乡的无限眷念。文中无处不表达着他对故乡的思念,同时也描述了他离乡后故乡所发生的巨大变化,这是对现实的深刻关照,更是对其精神“容器”的升华。对于这点,建英有深刻的认识:“我如果想不清楚当年那些老人老物老事在今天生活中的投影和影响,寻找不到这些过往在今天现实生活中的意义,就根本下不了笔。说句冠冕堂皇的话就是:历史照不进现实,那,写它何用?”我想,这便是建英创作《那当儿》的初衷吧。

总之,建英的散文集《那当儿》是一部内容丰富、情感饱满、朴实无华,散发着浓郁生活气息,对故乡深情回望的佳作。那充满温度的文字,让我们有更高更远的期望;那发自内心深切的情感,令我们回味无穷。

序二

让记忆在当下生活中不断生长
——读杨建英散文集《那当儿》

北　乔*

杨建英的散文写作，很好地践行了作家与日常生活的密切关系。这样的日常生活是生命中沉淀的过往与伸手可及的当下之间实时生长的自然体。由外在的浮现到内里的颤动，他将散文这一体裁所承载的宏阔的视野、敏锐的体验和纵深感极强的思考，进行个性化的糅合，试图寻找到属于他的叙事路径。心灵真切，语言朴素，情感有内敛式的饱满，叙述的姿态紧贴大地，他注重的是多时空的互动。而这一切，使他生活者和写作者的双重身份都竭力而又自然地从浮华回归本相。这当是一种以互动为轴心的

---

*北乔，著名作家、诗人、文艺评论家。

沉浸式写作,给予散文以亲切的感受和人文的想象。

忠实于生活,忠实于内心,对于杨建英有着特别的情感意义和文学呈现。他生在北京房山且一直生活到18岁,后到新疆阿勒泰生活和工作。故乡成了远方,而原先的远方现在就融于生活的现实之中。北京与新疆,已然不是故乡与远方的简单置换,而是一种互为观照的关系,继而凝结为他的人生的有机部分。其间有缝隙,但阳光会照进,擦亮生命的表象和沉淀。这两地都是他的故乡,又是他的远方。在另一个角度,这两地又都不是他的远方或故乡。这是对于其人生的本质性理解,也是哲学意义的生活化。对他而言,故乡的记忆不断翻新,而具象的生活是对远方想象日复一日的发现。捡拾记忆,是对当下生活的回应;而最为实时的体察,又是对故乡另类方式的言说。这就形成一种奇特的现象,他深扎于生活的大地,又无时无刻不在漂泊。当然,这也印证了人生的某种无奈,我们从未有绝对意义上的故乡,只有绝对性的漂泊。这是地理性的,更是文化性的。由此,我们的生命行走一直处于撕裂的状态,这是不幸,且我们历来无能为力。但对于写作者来说,这当是难得的资源。当我们清醒并深情地关注这样的不幸与无能为力,写作就会获得强劲的动力和可能的深度。这不是突围,而是我们在对立和对抗之中与生活和解的重要途径。在很大程度上,写作的意义,文学的价值,也正在于此。杨建英或许迷失于地域上的故乡,但心中对于故乡的追寻和建构,从生活和文学两个层面同时发力，一直都在路上，并日渐有所收获。这得益于他的生命和情感与纯朴且深厚的乡村人文保持着血脉联系。在他的写作中，我们看到了清晰而执着的乡愁图景。如此的乡愁图景，不是对故乡直白的复现和修复，而是基于传承经年的文化和真实的纷繁生活的想象和营建。以文学的方式进行对话，最终是抵达生活的细部与宏观。这让他的散文既有诗意，又有烟火气，在写实的行为中，隐含精神性的写意。

一般意义而言，杨建英的散文属于乡村散文的范畴。这主要是指其对于题材的选择和组合，以及叙述腔调的呈现，都具有浓郁的乡村气息与生活的本真滋味。很有意味的是，他目光高远，善于抽身而出立于高处瞭望平常生活，似乎有意以保持足够距离的方式观察我们的日常，但给我们带来的是聚焦之后的细节。无论是生活中的风俗和程式，还是山水人文，他都写得很扎实，让人能感知常被我们忽视或漠视的那些细微之处。就是这样的不经意，居然让我们从他的字里行间发现了我们本该拥有的生活之趣、生活之道。这显示了他之于生活的用心凝视和体会，更表达了他热忱的生活态度，文学真正成为他内心的映象。他的叙述，很好地汲取了民间日常叙事的精髓，在文学性的温润下，大有返璞归真之感。在阅读他的作品时，我们时常会有一种错觉，仿佛行走于乡村的房前屋后，听老人们在说古讲今。语言平实，表情纯朴，冷峻从容间，竟然透露出亲切和温暖。这是一种世俗化的讲述,又是文学化于生活的讲述。可以想到,这也是杨建英将文学与生活共谋之后的写作,只不过他尽可能地抹去了雕琢的痕迹,将技法化于无形。同时,他并没有无节制地与细节纠缠,只为写细节而写细节。细节只如绳头,他的用意是以此牵出生活,既是以小见大,又是以细微展现宏大。这样的细节,不再只是细节,而是整体生活的一部分,丝丝缕缕中都勃发着生活原生的心律和呼吸。

杨建英的散文写作,立足于北京和新疆这两个地域维度,在写作时,多数情况下让两地保持相对的独立。追忆往日的北京生活,我们能读到当下感;而书写现时的新疆生活,我们常生出他是在回忆的感觉。远的拉近了写,近的推远些写,其实是源于内在的交互。当下与历史,现实与记忆,一直纠缠在一起,从不可能彼此割裂。当下的生活,总有过往在涌动,而此时此刻,又会对记忆进行梳理和显现。记忆滋养着现时的生活,又因现时的生活而发生变形,当然也有多重意义之中的重生。这既是对于人生的本质性揭示,又是若隐若现的人生隐喻。在理论上,这很难极为科学地论证,但文学可以感性地表达。就像我们面临的众多人生难题一样,无法理性分析,但可以心领神会。当然,这也是文学的特殊魅力。杨建英的散文掖藏了这样的理想,在不断前行中努力抵近。

收录于该书的篇章,我并非集中性阅读,而是自2016年至今,有幸在他完成这些作品的第一时间就可以读到。为此,写下这些文字,以表谢意。

是为序。

序三

土味足　知识多　语言美

——读杨建英散文集《那当儿》

宗介华*

"文学即人学。"这是苏联著名作家高尔基提出的一个文学见解。

文学即人学。人学即有喜怒哀乐。因此，凡文学家写出的作品，无不折射出他（或她）心中的悲欢离合。

读着作家杨建英先生所著的《那当儿》，我更深一步感悟到"文学即人学"的内涵，并弹射出三道醒目的光环，即土味足、知识多、语言美。

土味足

拿起这部《那当儿》，便有一股浓浓的乡情扑面而来，彰显着

---

*宗介华，著名儿童文学作家。

该书的特色。

应该说，不是每部书都会给我这种感觉的。

首先是书名《那当儿》。什么是那当儿？就是那时候。哪时候？童年的时候。一句土语书名把全书的味道都拖了出来。

北京人说话多儿化音。什么今儿——今天，什么城墙根儿——城墙根，什么南小街儿——南小街，等等。

我与杨建英先生同在北京市房山区，虽不同乡，却是同情。因此读到这部书稿，更感亲切。

《那当儿》延续了这种老北京的语言，很有特色。

该书共分七辑，三十七篇文章，但土味十足的小题目就很多，无疑，它们成了吸引读者读下去的“磁石”：

《土炕》(即农村用土坯垒的床)；

《老家贼》(即麻雀)；

《打猫儿》(即打野兔儿)；

《劁猪骟马》(即割去雄性猪、马的睾丸)；

《姥姥家唱大戏》(即婚丧嫁娶时农村搭台唱戏)；

《半瓶子醋瞎晃荡》(即水平不高却还吹嘘的人)；

《别拿白薯不当干粮》(北方农村土语，即别看不起的意思)；

《杠杠的活不过囊囊的》(北方农村土语，即身体棒棒的人却活不过病多的人)；

《守岁》(北方土语，即大年三十全家人整夜不睡，迎接新的一年到来)……

为了让读者了解该书的“土味”,特选作者的《东边的碾子西边的磨》一文部分如下:

东边的碾子西边的磨

一

小时候在大马村,最让我兴奋的事除了过年,就是村里的红白喜事了。

红事就是喜事,莫过于结婚娶媳妇。只是这喜事太短、太快。而且我所关心的只是扔喜糖一个环节。“呼啦”一下子,糖果从主持人的托盘中抛撒下来,像是一碗小虾扔进滚烫的油锅里,地上一通炸乱,结果收获甚微。

为此,我不太喜欢红事。

我最喜欢看的是白事。

白事就是丧事,专指死人。人既然已死,也用不着着急忙慌了,尽管从容来办。少则3天,多则5日,也有放一期(7天)的。其中,打“装椁”(做棺材)入殓、烧纸哭丧、传灯供饭、出殡掩埋等环节我都喜欢看。但最喜欢看的还是哭丧。

哭丧有许多说道:儿子哭惊天动地,女婿哭像驴放屁,闺女哭如诉如泣,媳妇哭有气无力,老太太哭如同唱戏。

我们村的老太太都很会“哭”,四六言,长短句,起承转合,有板有眼。村南头方老太太老伴儿死时哭老伴儿,动听至极:

“高粱叶子满天飞，没儿没女我靠谁？”

“东边的碾子西边的磨，谁给我推磨扛笸箩！”

无儿无女，孤苦伶仃的方老太太失去老伴儿的痛苦惊天骇地。但从哭诉的内容来看，好像别的她都能克服，唯有这推碾子、磨磨的活计，无人帮衬，实在令人伤心。

在农村，推碾子磨磨是件苦差事，也堪称表现苦难生活的活茬儿。电影《白毛女》中喜儿就是在磨坊里被黄世仁霸占的；电影《甲方乙方》中傅彪饰演的角色想尝尝被剥削压迫的滋味，被安排体验的第一个项目也是推磨。老话儿讲“有钱能使鬼推磨”说的虽是金钱的魔力，可暗中也道出了一个事实——这活儿就不是人干的！

读着这土味浓郁的作品，给读者一种轻松之感。限于篇幅，在此不赘述全文，请读者品读书内原文吧。

知识多

文学即人学。而在一部作品中或一篇作品中，只要看上几页，就能从字里行间看出作者的兴趣、爱好、性格、习惯等特点。俗话说的“文如其人”，也就是这个意思。

纵观全文，感到作者是个喜欢读书、求知欲强并处处问个“为什么”的人，因此，笔下之文也就充满了知识。

应该说,这是十分重要的。

人非生而知之,皆为学而知之。多学、善学、深学,日积月累才会成为生活的"知者"。

下面引上几段短文,可见一斑:

我们大马村深受满族文化影响,记忆中,村子里许姓家族是满族人,村里称呼他们为"旗家门儿",或者简称"旗门儿""在旗"等。其实,仔细观察这些人与普通村民倒没有什么两样,只是他们管妈叫奶奶,管姑姑叫"娘儿"。上小学时我的同桌许二狗子上课捣乱,老师气急了说:"叫你的家长来。"二狗子说:"我爸在大灰厂上班回不来,家里只有我奶奶。"老师说:"奶奶不行!你妈呢?"我说:"他奶奶就是他妈,他管他妈叫奶奶。"老师听得一头雾水,一挥手:"什么乱七八糟的!"

再者,就是逢年过节,他们拜年请安挺有意思——男人拜年"捡砖头"(屈膝垂手),女人拜年"肚子疼"(手捂肚子道万福)。其他的,就真的想不起什么了。

…………

据京城老人王世襄先生说,早年间,京城的旗人们言辞讲究雅致。(这一论断,在老舍先生的书中也能得到验证。比如:在《正红旗下》中,老舍就说他的大姐婆婆——一个恶俗、刁蛮的老太太,就经常喜欢说"大概其"三个字,原因就是里边有个"其"字透着文雅。)旗人们喜欢把许多听起来不雅的词找别的词替换掉。例如:他们嫌鸡蛋中的“蛋”字不雅,所以就把鸡蛋称作“鸡子儿”“白果儿”“木樨”(也被写作“木须”)等。京城有道名菜“木须肉”说白了就是鸡蛋炒肉。那为什么把兔子用猫给换掉呢?是他们闲得“木樨”疼吗?非也!非也!

——《打猫儿》

语言美

文学即人学。而文学是用其优美的语言、形象的语言、生动的语言、个性的语言等来表述与描写,来展示作者的喜怒哀乐。在这里,作者也做了很大的努力。

下面仅举几例加以说明:

土炕是大地抬起的一部分,睡在炕上就是睡在大地上。接地气,承文脉,通人世。如今,总书记带领我们走进新时代,一步一个脚印地实现着中国梦,那些惊世卓然的治国理政思想,可能就是从这铺土炕上萌芽的吧。

——《土炕》

从当年的土炕联想到今天的中国梦,顿时,这当年的土炕便绽放出一朵美丽的花。

当然，村子里飞翔的也不只是麻雀一种。燕子、鸽子、黄鹂、斑鸠、老鸹、布谷、猫头鹰等，也都随季节嬗替悠游，浪人一般，来来往往，没个常性。只有麻雀，一年四季与这个贫困的乡村相依相伴，用瘦小的身影喂养着大马村饥渴的天空。

——《老家贼》

从麻雀扩大到多种飞鸟，但最后又只有麻雀在“守家”，而正是它“用瘦小的身影喂养着大马村饥渴的天空。”行文形象、生动而又趣味十足。

我忘不了每次采摘时自己的笨手笨脚，太阳快要落山了别人都是小篮满满而我半篮不足的尴尬，更忘不了同村的二妞、三丫、四凤这些女孩大方地每人拿出一大把将我的篮子填满。看着她们晒得黑红的小脸儿及细黄的毛发贴在汗津津的面颊上，一股莫名其妙的情感平生第一次袭击了我——这些朝夕相处的“假小子们”竟是这么的美呀！一时间，小心脏“扑通扑通”地跳个不停。

——《咀嚼春天》

外貌描写与心理描写，是作家重要的基本功。本段简单数言就把几个农村小姑娘的特点与自己的内心活动描写了出来，足见作家的语言功底。

作品的语言好不好，是衡量一个作家是否成熟的“标杆”。叙述的语言顺不顺，描写的语言美不美，人物对话的语言是否有性格，大体可以看出作者的功力。

文学即人学。从一部(或一篇)作品中，读者会从味道、知识、语言等方面品味出作者的意图与灵气。而《那当儿》的作者杨建英先生则在这几方面都做出了很好的展示，自是应该庆贺的。

愿《那当儿：故乡童年的回忆》出版后，长居新疆的杨建英先生再写一本《这当儿：新疆当今记忆》，一“那”一“这”，便是人生完美的记录了。

如何？

——是为序！

序四

家乡的烙印

刘泽林*

我与杨建英先生至今未曾谋过面，但说起来我们还是颇有些前缘的。大概2015年吧，房山区游子联谊会举办了一次“家乡美 游子情”征文活动，我有幸成为评委之一。在数百件应征稿件中，有个作者的文章脱颖而出，荣获一等奖。说起来真是奇怪，虽然后来所有优秀奖以上作品都辑在了一本厚厚的征文获奖作品集里，且我还是那本书的责任编辑，但时过境迁，几年后其他获奖作品的作者、内容，我竟然通通忘记了，却独独记得有一个身在新疆阿勒泰的房山游子，写了一篇心系故乡的文章。这至少说明了那篇文章的感人至深。所以当顾梦红先生转来杨建英先生的书稿且嘱我写些文字的

*刘泽林，北京作家协会会员，房山作家协会主席，房山文联副主席。

时候，我一下子就把他和那个一等奖对上号了。是了，也许那一次的未相忘，就是为了这一回的再相聚！所以，尽管已经淡远了文字，还是欣然应允了。

打开书稿，跳出书名《那当儿：故乡童年的回忆》，顿觉亲切无比："大马村"，那是一个多么近的所在；"那当儿"，那是一个多么远的时候。

分析作品内容可知，"那当儿"的故事都是发生在随父亲到阿勒泰上高中之前的时候，大抵从出生到十七八岁的时段吧。让我吃惊的是，在这么短的时间里，作者竟然积累了那么多的乡间生活体验！

从题材上看，作品涉猎了农事、风俗、民情、商贸、邻里、手艺、动植物等多个领域，其中单是农耕一项，其专业、其细微，便足以令我叹服了。譬如在《守望麦田》里浇水一节：

麦浇三遍水，回回是关键！

头遍水助返青，二遍水助拔节，三遍水助灌浆，每遍都决定着麦子的命运。

水量多少为宜？文中又以几条农谚分别对应了小麦的几个关键生长期。篇幅所限，本文尽量少引原文。全文看罢，我认为自己几乎已经是半个小麦专家了。

再如民居建筑《"周"起一座房要花多大力气》：

所谓“老阳出”就是房子的前门脸全部由门窗封挡，且留出廊厦，这样的房子通透、豁亮、大气；反之，“酱猪头”就是全由砖墙砌挡。因为房子中间部分凹进去，使得两边的房子凸出来，看起来着实像酱熟的猪头一般蠢笨。但是这样的房子整体看来端庄、气派，是当年农村人心中的美居。

至于过程中的那些专业细节，就不列举了。

我想说的是，作者少年远行，却在30年后把“那当儿”的人和事一一再现出来，说明记性真好，且真是用心。仅此两点，就足够让我羡慕不已。因为作为一个文人所必备的那两个要素，我全部欠缺！

作者的记忆力和用心在语言风格上得到了丰厚的回报：在那些散发着浓郁的、京西乡土气息的句式里，乡间土话、俚语歌谣随处可见，构成了本书鲜明的语言特色。像“老天爷饿不死瞎家雀儿”等。但作者到底是当地的文化干部，语言上自然少不了与时俱进的现代元素，如“大马村的‘GDP’（国内生产总值）就是鸡的屁股”等，形象生动，妙趣横生，不胜枚举。

但是，凭着以上这些就可以成就一篇美文、一本好书吗？非也！作者用一次次感动读者的方式告诉每一个写作者：要有情！

在《小卖部》里，作者用一个鸡蛋去换田格本，因紧张把鸡蛋摔碎在柜台上了——

我强忍泪水，收拾残局。碎鸡蛋人家根本不收，可就这么扔了又太可惜——那毕竟是珍贵的鸡蛋呀！再说，也把人家的柜台弄脏了，售货员一脸的厌烦。怎么办？我只好欠起脚，把嘴凑近柜台边沿，用手把"散黄儿"的蛋液划进嘴里，合着奔涌而出的泪水，一口咽到肚子里！

此处有同经历者或应有泪！还有如小说般精彩的《村上椿树》，那个"反革命分子"米魁元，那个地主婆许二奶奶，还有老支书，都在作品里散发着人性的光芒。我猜想，作者在塑造他们的时候，可能是几经流泪的。

当然，也有硬性表达的时候。在《我妈叫我回家吃饭去》里，出于对连续陪客的厌倦，主人公决意请假——

我说："不想去了！"

他说："总得有个说法吧，要不领导那不好交代。"

我略一沉思，随口说出：

"我妈叫我回家吃饭去，行吗？"

最后那两个字问得几乎就咬牙切齿了。这个看似轻飘飘的理由，原来竟是作者人生里最坚硬的支撑！

几番长夜梦断,恐怕多是被母亲的这一声遥远的呼唤叫醒的。

…………

乡愁是游子永恒的主题,但并不是他们的专利,一般作者也多涉足过乡愁一类的题材,但在我看来基本都是“强说愁”的无病呻吟之作。没尝过切身的离别之苦,我们永远想象不到思念之深,何况作者的那一次远行绝不仅仅是一般意义的离别,思念的也绝不是一个单独的个体。从某种意义上来说,对其中的某些人和物来说,那几乎便是永别了。

设想一下那天的情景吧:缓慢的火车,忧郁的少年;前路迷茫,故乡渐远;一团旧事,绕心如麻……

我想,这个少年的身上一定是被烙上了一方家乡的印记的,不然他为何会在成年及至中年以后一篇篇地写千古的乡愁呢?从那一缕缕带有泪血的乡愁里判断,那方有着明显京西南特色的方印,是直接镌刻在作者的心田上了。

对大多数游子来说,思念之情也许苦不堪言,但对一个作家而言,也许就别有一番风景了……

序五

最是乡情暖心田

——读杨建英散文集《那当儿》

顾梦红*

我与杨建英先生至今未曾谋面，却不是素昧平生，可以称得上惺惺相惜，心仪已久。我们最初只是在一些报刊上读到对方的文章，喜欢对方深情又酣畅的文笔，于是倍加关注。继而加上微信，知道还是乡亲，因此联系逐渐热火起来。散文集《那当儿》的书名源于京西南房山地区的土话，直接翻译出来就是“那时候”，但是这并不是说昨天与去年的那时候，真实的意思是相对久远的旧时。

作者的原籍在北京市房山区青龙湖镇大马村（原来属于房山县崇各庄乡），他在大马村的宅院土屋里生活了18年。乡村的小

---

*顾梦红，中国散文协会会员，《北京人》杂志副主编。

路上有他少年时奔波的足迹，庄稼地里流淌着他锄草割麦的汗水；南河沟畔，有他与二哥隆冬腊月摸鱼的欣喜；当年的街巷里，回荡着他与伙伴们除夕夜提灯夜游的笑声。即使少小离家，远在千里外的新疆，他仍然时时怀念午后偷枣时令孩子们怦然心动的场景，常常回味初春时节吃榆钱蒸疙瘩、凉拌柳芽儿的滋味。或许正是这浓烈的乡愁，才促成了这部乡土味十足的《那当儿》面世。

然而《那当儿》并不是简单的怀旧作品，杨建英的乡愁不仅是留恋村西的大槐树和村东的旧水渠，不仅是回味在土炕下温坛里漤青涩柿子的乐趣，不仅是痴迷地回味那碗棒糁儿粥及一碟老咸菜的滋味。

《那当儿》有历史的宽度。他在《土炕》中考证出李白的“床前明月光”诗中的床指的是胡床，即马扎儿，诠释出北方的“老婆孩子热炕头”乡间俚语的内涵。作者在凝视故宅那一盘土炕的时候，神思飞越，从革命圣地延安凤凰山下毛泽东的窑洞里土炕上支起一架木床的奇观，到梁家河17岁的青年后生在土炕上秉烛读书的场景，深刻挖掘了土炕文化对中国革命的贡献。

《那当儿》有时代的深度。令人击节三叹的是那篇震撼心灵的《村上椿树》。文中不仅考究了乡间司空见惯的香椿、臭椿两个树种的家史，更把树的形象赋予了际遇迥然不同的两个人物。“最大的一棵香椿树在村东头的地主婆许二奶奶家，最大的一棵臭椿树在村西头‘反革命分子’米魁元家。”在臭椿树下生活的“历史反革命分子”米魁元挺身而出，情愿替许二奶奶挨红卫兵的毒打的义举让人慨叹荒诞岁月里的人性之美，然而这还不是文章的最精彩之处。当米魁元在共和国历史上极其特殊的日子死去的时候，老支书出乎意料地决定展示出这位耕读传家的农民身上那种令人钦佩的境界与襟怀，更显示出乡村基层干部难能可贵的政治成熟。文章到此戛然而止也许就很完美了，但是作者匠心独运，结尾设计了多年后米魁元后人到大马村祭拜时，低矮的坟尖处一丛红彤彤的小香椿树苗破土而出的情节。我觉得这样的文章结尾韵味无穷，超过了茨威格、欧·亨利的小说，可以称之为鲁迅《药》的现代版。

近年来，党中央提出“四个自信”，习近平总书记特别强调：“文化自信，是更基础、更广泛、更深厚的自信。”[①]乡土文化是中华优秀文化的重要组成部分。文化自信的基础和落脚点是充分挖掘、传承和弘扬中华优秀传统文化。乡土文化当然是源于故土情深，但是对乡土的热爱不是仅仅对古槐、石碾、古井的依恋不舍，也不是对日出而作、日落而息的旧生态作田园牧歌式的歌颂。

京西南著名作家、房山区文联主席凸凹说，故乡是乡土作家的根，而作家的精神才是乡土文学的魂。当我们走出故乡，剪断与母体联结的脐带之后，应该以生的急迫姿态采撷城市文化的枝叶，在母体嫁接，培养一种新植株，即新的乡土意味，构筑自己的

① 摘自习近平总书记在庆祝中国共产党成立95周年大会上的讲话。

家园。杨建英出生于房山区的普通乡村，青春之年即在外生活，能够对乡土、乡亲有如此深沉的挚爱，对社会、人生有这样深刻的品读，实属难能可贵。我觉得，更加值得敬佩的，是他在深厚乡土情结的基础上，立足乡土但又超越乡土本身，勤奋地累积文学修养，获得穿透力和想象力，探寻并呈现人性闪亮的东西。杨建英热恋故乡，热爱生活，用手中的笔抒发内心真挚又深厚的情感。散文集《那当儿》里他深情地回味咀嚼家乡春天的味道；写尽了一对青年夫妻“周”房子的苦与乐；写出了昔日年夜饭的鱼肉飘香及姥姥家唱大戏的乐趣；他更用笔为改革开放40多年来家乡的变化引吭高歌。他描绘出童年的伙伴成为民企老总，开上了宝马的喜悦，赞颂村里座座新楼拔地而起的乡村新貌……杨建英用赤子情怀书写家乡的往昔与变迁、悲苦与欢乐，心甘情愿地为宣传家乡的历史与今天笔耕不辍。

杨建英是中国散文协会会员，现为新疆阿勒泰地区文联副主席，是《阿勒泰文萃》的主编。他的作品散见于《人民日报》《光明日报》《散文百家》等报刊。每一篇作品都诠释着他广博深厚的知识学养，更展示出他的家国情怀。《那当儿》是散文集，却有诗歌的美韵、诗歌的意境，浸透着深深的乡愁与浓浓的亲情。

八千里路云和月，万丈红尘情与歌。作为同乡，品读杨建英氤氲着乡土气息的散文，备感亲切。期待建英回到久别的家乡，咱们在水渠边、槐树下，执手说乡情，把盏话桑麻。

目录

第二辑　柔软时光

第三辑　乡村浅唱

第四辑　树熟流芳

第一辑　流年碎影

土　炕

一

一世为人半世在床。甭问，这话一听就知道是南方人说的。因为南方人都睡床，而北方人大多睡炕。

睡床的南方人比睡炕的北方人总透着那么一点儿精明与高雅，这不是胡说。你看各自的“睡眠心得”就不难得出结论。

睡床的：楼头风景八九月，床下水云千万重；床前明月光，疑是地上霜；一窗明月半床书；等等。

睡炕的：三亩地，一头牛，老婆孩子热炕头；上炕认识娘们儿，下炕认识鞋；傻小子睡凉炕，全凭火力壮等，孰优孰劣，一目了然！

当然了，如果仅凭几句话就分出床、炕高下，那也太过于草率了。难道睡床就形而上、高雅，睡炕就下里巴人、低贱？话可不是这么一说。就拿“床前明月光”来讲，当年李白或许就是躺在土炕上写的。一来，专家论证诗中的床，指的是胡床，也就是马扎儿。二来，西安属北方，从古至今关中、陕北都是睡炕的。

革命圣地延安城里，当年党中央的办公旧址保存完整。一排排窑洞里不见土炕，床具井然。这是因为南方来的领袖们，大多已习惯了“半世在床”，睡不惯土炕。凤凰山下，毛泽东的窑洞里更有土炕上支起一架木床的奇观。在杨家岭朱德的窑洞里，却保留了一盘土炕。导游说：这是考虑到朱老总年岁已高，腿脚不好，单独设计的。

甭管咋说吧，中国革命在延安的窑洞里、木床上，从胜利走向胜利，这应是不争的事实。而在距延安城80公里远的延川县梁家河村的知青窑洞里，一盘普通的土炕正在接受全国各地前来观光学习者的敬仰。

与延安城里那些修旧如旧的旧址不同，这盘土炕已经有了“包浆”——黝黑发亮的木质炕沿，岁月熏染的土墙，锈迹斑斑的油灯等都彰示着：这是“真迹”！

五十多年前，年仅十七岁的青年后生习近平就睡在这个土炕上。

土炕是大地抬起的一部分，睡在炕上就是睡在大地上。接地气，承文脉，通人世。如今，总书记带领我们走进新时代，一步一个脚印地实现着中国梦，那些惊世卓然的治国理政思想，可能就是从这铺土炕上萌芽的吧。

如此说来，所谓床与炕的高下之分，就有些荒唐了。

二

我是睡炕长大的!

我对土炕有着恋母般的情愫。毕竟从母亲的胎盘上下来,就直接躺到土炕上,一躺就是十八年。

说老实话,近年来写乡土文章,我一直躲着这个题材。矫情一点儿说,我有点儿舍不得写它。我觉得这是岁月留给我的一粒糖果,像小时候那样,在实在馋得不行的时候,才偷偷取出,在嘴里含那么一小会儿;之后,赶紧吐出包好,放到时光的衣角深处。像村里人把好东西都藏在炕上;像电影《霸王别姬》里小豆子对小石头说“师兄,别忘了,枕席底下有仨大子儿”;像“黑五类分子”米魁元把派克金笔藏到炕角(参看拙文《村上椿树》);像准备盖房的两口子每晚只有躺在炕上才敢设想未来(参看拙文《“周”起一座房要花多大力气》);像村里的婆姨们把卫生带之类的私密物品洗净包好压到炕席底下,而从不敢晾晒在阳光下……一切贵重的、隐私的、幻想的都藏在炕上。土炕啊,你承载的绝不仅仅是睡眠,还有梦香与梦想!

三

我是睡炕长大的!但对土炕的搭造不甚了解。

大马村会盘土炕的有几个人,他们有的是泥瓦匠,有的不是。

这好像是一门祖传的技术活。有的人专门会盘炕，盘的炕结实耐用，顺烟通畅，一烧就热，省柴省煤。与“一世为人半世在床”相仿，我们村则是一户人家半间是炕。那年月，村里除了赤脚医生的医务室、小学老师宿舍、下乡知识青年宿舍有床以外，全村百分之百都是一炕当家。

这些炕，差不多都是生产队盘造。下此本钱，为的是每年掏取各家的炕灰——这是上等钾肥。由此说来，农民们睡眠时也在种地。

炕一旦盘好就一睡多年。炕席旧了换炕席，炕坯塌了换炕坯，很少见谁家隔三岔五地拆炕重建。炕在，家就在。炕才是大马村人的安身立命之所。

炕规划了家庭秩序。一家人，谁睡在什么位置都是固定的。炕头热，睡老人或是当家人；炕尾凉，睡棒小伙儿。有女孩的，姐姐大了搬到别屋，妹妹或弟弟填补她的位置。很少见一家人今天北头，明天南头地乱睡。汪曾祺有篇写北京人方位感强的文章，说老两口在炕上睡觉，老婆儿嫌老头儿挤着她了，就说“你往南边去点”。若不是位置固定，这深更半夜，黑灯瞎火，迷迷糊糊的，老太太如何准确判断方位？

——绝了！

我家是北房，炕是南北走向。靠近北边有一个小炕洞，作为烧炕之用。只在三九严寒的夜晚，烧一捆秸秆或者一筐玉米瓤子,待灰烬未灭之时,埋进几块白薯或土豆。单等第二天清晨,探身扒灰,取果剥皮,趴在被窝里大快朵颐!而平常日子为炕加热就靠炕前的炉子。

这种炉子很低,离地只有两块砖高,俗称“地蹦子”。它是在地下挖一个深坑把炉子砌进去的。这个坑俗称“炉灰坑”。这种炉子炉膛很大,炉口极小,所谓“里面蹲条狗,上面伸只手”。炉子与炕相连,形成炉洞。连接处用一块砖:抽出来,烧炕;推进去,做饭。炉洞内安放一个小瓦缸,放满水,借着炉火热力形成一个“土过水热”,24小时热水,洗脸洗手全靠它。它有一个好听的名字叫——温坛!(我时常把一些未成熟的青涩柿子泡进温坛去“漤”,没几天就香甜可口了。)

因此,土炕是一套完整的农家休眠、取暖、炊洗、会客、聚餐、学习的系统,而不只是睡觉那么简单。

这铺炕我一睡十八年,多可喜亦多可悲!

四

自打我记事起,奶奶就瘫在炕上。她睡在紧北头,也就是炕洞的上方。所以,每到冬季每天烧炕的重任就由我来承担。

我那时还未上学,每天挎着个小篮子或背个小筐,到处捡拾柴火。秸秆烧完了,就去生产队的场院里偷“玉米瓤子”,可生产队看得紧。听说,这东西要拉到酒厂去做酒糟酿酒。实在没辙了，就到秋翻地里捡拾“炸头子”（玉米根），摔干净上面的泥土，这东西还很耐烧，火劲儿大，只是捡拾起来费力得很。

鉴于我的卓越表现，以及没上学，每天在家玩，所以奶奶极为疼爱我。每当妈妈上工，哥哥上学，家里就剩我和奶奶时，这个半瘫的老太太绝不闲着。要不让妈妈打一盆儿糨糊，她坐在炕桌前用破布糊袼褙；要不就用细高粱秆儿比着一个大瓦盆，在上面用针线穿锅拍子（锅盖）；要不就戴着老花镜，腿上垫张白纸，小心翼翼地认针线，补衣裳、袜子；要不就给我讲故事（可惜我都没记住）；要不就拿过炕角的小包袱，分享一块叔叔姑姑给她买的糕点。（这才是当时我最期盼的事情。）

这是位极为要强的老太太，只是当时展示给我的是她的衰老与无助。而有关她的更多传奇全是我长大以后爸爸告诉我的。

闹日本那年，爷爷生病“打摆子”，躺在炕上死去活来。一家人生活无着即将饿死。奶奶用杂合面蒸了一锅窝头留给爷爷，就随同几个伙伴南下保定，勇闯敌占区，偷贩一些洋火、洋烟等货物。

据说当时贩运一种洋袜子，这东西和现在消防水带一样，缠在腰上。谁买，就比着大小剪上两段，回家用针线把一头缝好就能穿了。在过封锁线时，还曾遭到日军机枪扫射。要知道，奶奶可是一双三寸金莲的小脚啊！

现在，这位老太太虽然半瘫了，却依然表现出她的勇毅。尽管妈妈给她在屋里准备了便盆，但她拒绝使用，更不让哥哥们背她。

而是拄着拐棍儿，扶着墙艰难行走，自己去上厕所。每次我们给爸爸写信，她总是说："让他别惦记，我挺好，让他好好工作吧……"

1975年农历正月十二的夜里，奶奶咳嗽不止。妈妈预感到那天可能要出事，就把一直睡在奶奶身边的我调到了炕中央，而她紧靠着奶奶。

大约三点多，奶奶忽然坐起，呼唤着我妈："祥儿妈，你给我洗洗脚吧。"

妈妈诧异万分，这老太太从来不让任何人看她洗脚。每次洗也都是看我妈为她准备好了水就说："你出去玩会儿吧。"

今天这是怎么了？

怀着恐惧与疑惑，妈妈为她洗完脚，又用开水泡了一块点心喂她吃了，然后服侍她躺下。

奶奶粲然一笑说："你也歇着吧。"

又过了大约一个小时，奶奶一声巨咳，猛然坐起。妈妈急忙开灯，鲜血已从奶奶的嘴角、鼻孔、眼睛流出……

奶奶走了。

五

三天后，出殡。

在坟地，按照大马村的风俗，有人用铁锹在墓坑四个角各铲了一点土，大哥撩起衣襟跪接了。之后，我陪哥哥返回家中，分别放置在炕的四个角处。完事,哥哥拍拍衣服就出去忙了。

家中就剩我一个。站在空荡荡的屋中,这时我才注意到炕北头奶奶睡觉的位置。

铺盖早已被人卷走焚烧。因为常年被褥覆盖,见不到阳光,这块儿的炕席已经黑黄。再仔细看,竟能看出奶奶蜷曲瘦小的身影。一时间,我感到了悲伤。

老实说,或许是年少无知。从奶奶过世到出殡,我竟然没有哭过一声,也未感到过悲哀,相反,却天天处于惊喜兴奋之中。入殓、守灵、传灯供饭、置办丧宴、出殡下葬等,处处新鲜不已。而此时,面对炕上的黑影,我如大梦初醒。慈祥可亲的奶奶、白发苍苍的奶奶死了,真的就再也见不到了!

一股巨大的悲哀从心头冲起,我一头扑到炕上:

“奶奶——”

母　　爱

一

大胡子张纪中斥资亿元重拍了古典名著《西游记》，没得好，反招骂名。惹得老张在网上与网友对骂：“没教养！”“爱看不看！”……

老实说，新《西游记》从场景、化妆、服装、特技上，比老版（86版）要强很多，可就是不好看，也是事实。

新版我只看了半集——红孩儿那集。那还是陪我儿子把它当成儿童片看的。老版，看了多少遍？说不清了。

我家没有上学的学生，可每年寒暑假是啥时候，我大致能判断出来。呵呵，那就是各电视台集中播放老版《西游记》的时候。

和许多家庭一样，我们家的遥控器大多时候都控制在我媳妇手中。这人看电视没个正形儿，选台，从头翻到尾，再从尾翻到头，大半个晚上就过去了。但也有例外，那就是当翻到有老版《西游记》播出时，她都要停住看一会儿，不论汉语版的、哈萨克语版的，或者是维吾尔语版的，都看。

现在让我们疑惑不解，也让张纪中疑惑不解的问题是：老版比新版到底强在哪？或者说，新版比老版到底差到哪？

那天，我无意中重温了老版第五集《唐僧救猴王》，接着又找来新版，新老对比看了一下，才似有所悟。

齐天大圣孙悟空因"聚众闹事"、"扰乱公共秩序"（大闹天宫）、"玩忽职守"（私放天马）、"偷盗"（仙丹、仙桃）、"杀人"（打死天兵天将）等罪名，数罪并罚被判无期，压在五指山下。终于熬到了唐朝，李世民因为要上马"西天取经"项目，急需人手，"项目前方总指挥"观世音推荐了他。于是，无期改有期——五百年，悟空得以释放。

唐僧救出悟空，师徒相认，共图取经大业。当晚，夜宿民宅。唐僧看到悟空赤身裸体实在不成样子，就用悟空打死的老虎皮为他缝制衣裳（虎皮裙）。

这一段表现得尤其精彩！

昏暗的油灯下，唐僧一针一线，密密缝制；悟空掌灯照明，活脱脱一幅"慈母线，游子衣"的幸福图景跃然荧屏，令人观之动容。

老孙天上地下，哪儿没去过？啥人没见过？但这幅图景怕还真是没有见过的。唐僧恰到好处的"母性表演"，缝合了人与兽、师与徒的隔阂，缝出了感情，西天路上他们将相依为命，永不分离。

在《三打白骨精》那集中，悟空一气之下回了花果山。唐僧遭难，八戒去请他。悟空一把抓住八戒的手说：“呆子！俺老孙身在花果山，心随取经人！”此时，他的眼中泪光闪闪。

在我的老家，人们骂一些不肖子孙，常用这句话：“难道你不是娘生父母养的？难道你是孙猴子——石头里蹦出来的？”

此刻，在唐僧身边，这个“石头里蹦出来的”孙悟空，身穿师傅缝制的虎皮裙高兴得手舞足蹈，一股暖流使他的眼里闪动着孩子般激动的光芒。

同样的情节在新版里却处理得过于简单。师徒二人，一个躺在树下，一个挂在树上，各想各的心事。虽然也有唐僧为悟空添衣的情节，但粗犷的“大胡子”比起细腻的杨洁导演来，还是矮了一截！

观众观剧看的是人，更看重的是情！没有情，只靠一些拙劣的电脑特技是不行的。因为情中蕴藏着文化涵养、道德修养、艺术素养呢。

二

“项脊轩，旧南阁子也。室仅方丈，可容一人居。”（归有光《项脊轩志》）

440年前，一篇近800字的精致小文，至今令我爱不释手。

每当心情烦乱之时，不想看书，不开电脑，我都会找一张白纸，把这篇美文恭恭敬敬地默写下来。

这是一篇写人、记事、言情之至文。至者，极品也！

归有光，字熙甫，号震川，明正德、嘉靖时期人士，一生著作繁富，却以散文名世。《寒花葬志》《项脊轩志》等文如一泓甘甜的泉水沁人心脾。貌似平常的细节和场面，寥寥几笔，形神即现，在平淡简朴的笔墨中，饱含着感人至深的真挚感情。

文中，有这样一段描写：作者站立院中，听老保姆对他说："我站在这儿，你母亲站在那儿。你姐姐在我怀中哇哇地哭，你母亲用手叩门问：'儿寒乎？欲食乎？'（孩子是冷了，还是饿了？）我在门外一一向你母亲回答……"话没说完，作者哭了，老保姆也哭了。

接着作者又回忆在家中读书时，母亲常来看他："我的儿，好长时间见不到你的影子，怎么天天坐在这里？像个大姑娘似的！"过了一会儿，母亲又进来，手里拿着一个笏板说："这是你太爷爷在宣德年间上朝用的，今后，你也会用到它。"

写此文时，物是人非。"瞻顾遗迹，如在昨日，令人长号不自禁。"母爱之光——震古烁今！

三

儿是娘身上掉下来的肉。

亲眼看见家乡一个虐待父母的不孝儿子被公安局警察带走，为娘的在寒风中呼喊："你们放了他吧！放了他吧！……"

曾仕强讲《胡雪岩》，其中一节很有趣。胡雪岩出外经商，数年不回，也不写家信。家中老母亲以为他死了。不想，多年后他突然回来，老母亲又喜又恨，决定动用家法制裁这个不孝的儿子。胡雪岩跪到母亲跟前仅说了一句话，老太太就怒气全消了。胡雪岩撒娇似的指着自己的头发说道：“娘！您看我都有白头发了。”

药家鑫出事的第三天（2011年10月23日）早上，他从“噩梦”中醒来，心里已经明白了杀人的后果是什么。9点多，他突然走进父母的卧室，对他妈妈说：“妈，你抱我一会儿吧。”

多年前在克拉玛依，曾听到一位老石油工人说，那时候，这地方冬天冷啊，他写信回家说：“娘，我冷！”他娘给他做了条棉裤寄来。絮了多少棉花，不知道！打开包裹，取出棉裤，抖直了，那棉裤居然能“站”在地上！

整个20世纪60年代，他都是穿着这条棉裤，度过了一个个寒冷的冬天。

四

多年前，我在北京广播学院（现中国传媒大学）学影视编导，曾写过这样一个“作业”。

夜晚。灯火辉煌的酒店。

一个年轻有为的CEO（首席执行官）为庆祝签约成功，频频举杯，得意扬扬。

深夜。醉醺醺地回到寓所。一头扎到床上,昏睡。

半夜。电话铃响。

CEO(睡眼蒙眬):"喂! 谁啊?"

远方。偏僻的小城。一位花白头发的母亲(深情地):"儿子,是妈妈呀!"

CEO:"哦,妈妈,有事吗?"

母亲:"打了一天电话,你都不接。今天是你的生日呀,儿子!"

CEO(极不耐烦地):"哎呀,妈妈! 这么晚了,你把我从床上折腾起来,就为说这事儿?"

母亲(泪花闪烁):"儿子,二十八年前,也是这个时候,你把妈妈从床上折腾起来了……"

老家贼

我要说的是麻雀这种鸟，而不是我们老家的什么盗贼。可是，麻雀在大马村确实被叫作“老家贼”。这或许是因为它偷食粮食。大家知道，民以食为天，偷粮食就是偷天。从这个角度看，麻雀的罪过和窃国大盗袁世凯差不多。

您别看麻雀被称作老家贼，但我觉得这是对它最大的褒奖。一个人也好，一只动物也罢，一旦被冠以江湖诨名，就像《水浒传》中的那些英雄一样，不枉此生，像什么“豹子头”“草上飞”“及时雨”等都是如此。虽是这样，我还是替麻雀觉得委屈。

京城自古崇尚“爷文化”。评剧泰斗新凤霞在回忆录中说，旧时戏班把耗子叫“灰八爷”、刺猬叫“白五爷”、长虫叫“柳七爷”、黄鼠狼叫“黄大爷”、狐狸叫“大仙爷”。这些城狐社鼠都被称为爷，麻雀这只空中精灵却被称作贼，好像有些窝囊。

然而，麻雀的不幸遭遇，也有着时代的因素。

20世纪50年代，人们为了迅速发展农业生产，商定了农业发展条例，决定将麻雀这只“偷天大盗”与老鼠、苍蝇和蚊子并列一起确定为“四害”，决定在七年之内予以消灭。

说麻雀是“四害”是有科学依据的。研究显示：一只体重约六钱多的麻雀，每天所吃的谷子约二钱，为它体重的四分之一强。根据这个数字推算，每只麻雀一年中消耗谷物约四斤。此外，在野外活动的麻雀，因为终日飞翔跳跃，食量更大，被它们吃掉和糟蹋掉的粮食更多。

是可忍，孰不可忍！于是一场轰轰烈烈的“灭四害”运动随之展开。为此，人们还总结出“轰”“毒”“打”“掏”灭雀四部曲。据统计，从1958年元月至十二月，全国共消灭麻雀二十一亿只。但从1959年春天起，虫害开始在全国大爆发。人们分析造成这一现状的原因，一致认定这是消灭麻雀的恶果。

于是，人们又忙着给麻雀平反，说一年之中，麻雀只在秋天收获的3个星期吃粮食，其余的49个星期都吃虫。论捕捉害虫的效果，一只鸟比我们100个人还要大。因此，世界各国的动物学家都认为麻雀是益多害少的……

好了，打住吧！

谈论历史的是非功过不是我写作本文的初衷。之所以要说道这些，原因是，一个时期以来，我撰写了许多思乡忆旧的文章。一开始我觉得这很简单，村东的碾子村西的磨，村后的菜园村前的河，想起什么就写什么，简单至极，可是越往后写越觉得距离真实的故乡越遥远。

表面上看村庄可由田野、民居、牲畜、农人来建构，但这些过于表象化、符号化的东西又极具欺骗性。其远不如天空的一只飞鸟、河里的一条小鱼、传言中时常闹鬼的一个所在、一口儿时的老味道来得真实可信，更使我接近故乡。

如今，一只小麻雀飞入我的视野，我就兴奋不已。

从打量故乡的视角来说，麻雀在空中俯视有如“航拍乡土”，对故乡可以获取更加立体的感知；此外，俗话说“麻雀虽小五脏俱全”，有五脏它或许就有人的情怀。而“解剖麻雀”是世之公认的通过剖析具体典型，从中找出事物规律的阅世方法。

那么，好！思乡忆旧，咱就从一只麻雀开始吧。

我不敢说所有飞翔于大马村上空的麻雀都是我们村的。有的可能是邻村的、路过的。它们辗转于丛林庭院，集结于谷地麦场，总是成帮结队，很少离群单飞。落地叽叽喳喳，啄食谷粒；稍有动静则轰然而起，喧闹震天。

本村麻雀，定有所居——张家棚圈、李家屋檐，根本不在树上做窝，更是很少夜宿林梢。所以谓之“家雀（qiǎo）儿”，其来有自。

麻雀是一个村庄的精气神儿。有时看一个村子的生气，只需瞭一眼村中的飞鸟即可。“沙鸥翔集”这是何等的繁荣，“千山鸟飞绝”又是何等的凄凉。

当然，村子里飞翔的也不只是麻雀一种。燕子、鸽子、黄鹂、斑鸠、老鸹、布谷、猫头鹰等，也都随季节嬗替悠游，浪人一般，来来往往，没个常性。只有麻雀，一年四季与这个贫困的乡村相依相伴，用瘦小的身影喂养着大马村饥渴的天空。

是的，这只是形而上的、精神层面上的对飞鸟的认知。其实飞鸟的内涵远不只这些。

近年来，我在阅读方志与史料中经常会看到"鸟径"一词。如"南北鸟径20里，东西30里"。这是智慧的前人对那些偏僻荒凉、"人行径无里制"——还不会用里计算人行道路的所在而采取的计数方法。大约"人径"四倍于"鸟径"。这也不难理解，只需想一想陆路和航空的差异即可。

还有就是，飞鸟事关环保。曾读到一篇趣闻：说开放之初，各地纷纷招商引资。老外来了，考察合资办厂事宜。地方官员把老外带到开发区。老外说："听说这里原来是一片树林，还有许多鸟。"官员兴致勃勃地介绍说："是的！我们经过严格审批，砍伐了树木，做好了'三通一平'。"官员极具自信。老外随后一句，官员登时傻眼。

"那原来这里的鸟飞哪儿去了？它们过得都好吗？"

还是说说麻雀之于大马村的意义吧，可热闹了，略记二三！

一、别看现在我正襟危坐，道貌岸然地述说着麻雀的前世今生。可小时候我眼中的麻雀是一道美味，堪称“舌尖上的大马村”。

在那个一年到头少见荤腥的年代，村中的能人可以扛上猎枪去“打猫儿”（打野兔儿），我们只能垂涎于这些飞鸟，目标锁定麻雀——老家贼！

弹弓打是一种方法，但产量极低；冬天下雪用箩筛扣，那只是一种游戏，村娃最擅长的是“扎老家”这种“产玩”结合的实用行动！

自行车车轮辐条磨尖，绑在竹竿上。夜晚一群村娃手持电筒，游窜于各家耳房、棚圈。横梁檩条间麻雀栖居于此。强光锁定，钢钎刺扎，穿糖葫芦一般，一晚上可猎获二三十只。回家，放之大盆。烧一壶开水，临头浇下。褪毛开膛，少顷，鲜肉莹莹。清炖、红烧、炸肉丸……别说饥荒年代，就是此刻想起也是满口流涎。

二、大马村村西是果园，盛产桃李，成熟时节，桃鲜李红杏儿黄，是我等小毛贼的丢魂之地。然而，我们的克星——村中的护园人许七爷，“老奸巨猾”。那日，“前哨”探来消息，许七爷正在窝棚睡觉，草帽遮脸。行动！群娃进园刚要摘果，忽听一声断喝：“干什么呢！”似晴天霹雳，许七爷从天而降。一群娃魂飞魄散，束手就擒。押至窝棚才看清，床上躺的竟是个假人。许七爷面带得意之色，灿然而笑说：“小家雀还想斗得过我这老家贼，姥姥！”

三、村中看场院的盲人“尤瞎子”是个五保户。村里安排有专人照顾他，本可以安享清福。但他不愿这么混吃等死，还要积极参加劳动。

那就看场护院吧!

盲人看场听似笑话,其实不然。大凡人的五官一官不济,其他器官就特别发达。尤瞎子曾用耳朵听到大风之夜,养猪场的猪跑出了圈;也曾用鼻子闻到麦秸垛旁脱粒机电缆跑电冒火星,成功避免了一场火灾……

鉴于尤瞎子的特殊贡献,那年开村民大会,老支书黄祥特别表扬他,身残志坚,爱村敬业,并让他给大伙说几句。一阵热烈的掌声之后,他缓缓站起,激动地说出一句令人捧腹的话来:“老天爷饿不死瞎家雀儿!”

打 猫 儿

最近看了点介绍京城满族文化的资料,从中得知,我家乡所处的京西南属于满族文化浓厚区,这引起了我的兴趣。

可能当年在老家时,一是住的年头太短,二是年龄也太小,所以我对这些事没有太多在意。现在,经它这么一提醒,我忽然发现:真是这么回事!

我们大马村深受满族文化影响,记忆中,村子里许姓家族是满族人,村里称呼他们为“旗家门儿”,或者简称“旗门儿”“在旗”等。其实,仔细观察这些人与普通村民倒没有什么两样,只是他们管妈叫奶奶,管姑姑叫“娘儿”。上小学时我的同桌许二狗子上课捣乱,老师气急了说:“叫你的家长来。”二狗子说:“我爸在大灰厂上班回不来,家里只有我奶奶。”老师说:“奶奶不行!你妈呢?”我说:“他奶奶就是他妈,他管他妈叫奶奶。”老师听得一头雾水,一挥手:“什么乱七八糟的!”

再者，就是逢年过节，他们拜年请安挺有意思——男人拜年“捡砖头”（屈膝垂手），女人拜年“肚子疼”（手捂肚子道万福）。其他的，就真的想不起什么了。

可现在，在资料中我看到，我在日常生活中所说的“勃棱盖儿”（膝盖）、“胳肢窝”（腋窝）、“卡步裆”（裤裆）、“哈喇子”（口水）、“蝲蝲蛄”（蝼蛄）、“眵目糊”（眼屎）、“温得乎儿”（温热、发热）、“捅娄子”（闯祸）、“犄角旮旯”、“瞎诌白咧”、“蚂螂”（蜻蜓），等等，以及我在《小铺风云》一文中写到的“买个东西伍的”之中的语气助词“伍的”都是满族词语时，着实有点惊讶了。特别是，我在资料中还看到满族人把兔子叫“猫儿”时，真是惊喜万分。因为我一直就想写一写我们村那些打野兔的，啊不，打猫儿的。

至于为什么满族人把兔子叫作“猫儿”？这一“撒吗”（满语：到处看）不要紧，原来这里边的“猫腻儿”（满语：藏有不可告人之事）还挺多呢。

据京城老人王世襄先生说，早年间，京城的旗人们言辞讲究雅致。（这一论断，在老舍先生的书中也能得到验证。比如：在《正红旗下》中，老舍就说他的大姐婆婆——一个恶俗、刁蛮的老太太，就经常喜欢说“大概其”三个字，原因就是里边有个“其”字透着文雅。）旗人们喜欢把许多听起来不雅的词找别的词替换掉。例如：他们嫌鸡蛋中的“蛋”字不雅，所以就把鸡蛋称作“鸡子儿”“白果儿”“木樨”（也被写作“木须”）等。京城有道名菜“木须肉”

说白了就是鸡蛋炒肉。那为什么把兔子用猫给换掉呢？是他们闲得“木樨”疼吗？非也！非也！

“兔子”这个词，不要说在满族文化中不咋的，就是在世界文化中也不是好词儿。通常被用作男性的同性恋者(gay)的代名词。此外，在古诗词《木兰辞》中也有“雄兔脚扑朔，雌兔眼迷离；双兔傍地走，安能辨我是雄雌！”这种不分性别的暧昧表述。

兔子这种动物不正经是有原因的。雌兔善于繁殖，它们没有月经，几乎随时都可以交配、受孕。您看看，这是个什么玩意儿，怪不得惹得文辞讲究的旗人们不待见呢。

在二月河《雍正皇帝》第二卷《雕弓天狼》里，有一个很不起眼的小故事：有一天，雍正帝去给太后请安，看到自己的大姐十七皇姑和即将出嫁的女儿明洁公主也在，而且女儿显得郁郁寡欢、闷闷不乐，就皱眉问道：“你怎么了？愁眉苦脸的样子？”明洁公主憋红了脸，欲言又止，只能默默流泪。正当雍正帝莫名其妙的时候，热心快肠的十七皇姑站出来为侄女解释：“去年你给她指了那个武探花哈庆生，竟不是个东西——听我女婿说，姓哈的这王八蛋先在福建当守备，就养了三四个童子小厮，啐！他原来是只‘兔子’！我听见吓一跳，细打听，他爹，他弟弟——竟他娘一窝兔子！”

您别看满族人不喜欢兔子，在大马村，俺们汉族人可喜欢得要命。因为它确实能满足我们美好生活的需要。在那个缺油少肉的年月里，一只野兔带给我们的享受比“哈庆生”幸福多了。

卤兔肉那叫一个香啊!

我们大马村地处华北平原的西部边缘,靠近山区,丘陵不少,灌木葱茏,杂草丛生,因此野兔、野鸡等野味挺多。像河汉丰富的地区人们喜欢钓鱼一样,这里的人们喜欢打猎。

自古打兔子有两种方法:一是守株待兔(下套子、夹子等方法都属此类),二是猎枪捕杀。前者收获概率太低,后者融旅游、徒步、射击、娱乐于一体,备受欢迎。

虽说那年头国家对私人猎枪管得不严,更无生态保护意识,但是村子里能玩得起的人也不是很多,一般都是在城里工作的产业工人,猎枪都是自制的“鸟铳”。他们有时间,也有闲钱。休息日,小包一挎,猎枪一扛,小烟袋一叼就出发了。

他们大多逡巡于村西边的荒丘土岭。秋后,这一带田间地头堆满了庄稼秆儿,这里边会隐藏着许多“野猫儿”,一旦被惊扰奔逃,猎人们就会迅速举枪射击。有句邂逅语叫“搂草打兔子——捎带着”,说的就是这种不可期待的惊喜感。枪打出的都是铁砂、钢珠儿,成扇形发射,伤及面很广,一般很少失手。“打沙子枪”现在已成为涉及面广的代名词。野兔儿拿回家,皮可做帽子、手套,兔肉可红烧、清炖。只是收拾起来格外麻烦,因为肉里全是铁砂。“打牙祭”是这一活动的总称,它为当年那种苦涩的生活注入了甜蜜和乐趣。虽如此,但谁都没有指望它过日子。村里有句老话:“三十儿打兔子——有它过年,没它也过年”,正说明了这一行当的休闲性。

我们村管打猎的都叫“打猫儿”的，根本不管他们一天具体打到了什么。山鸡、野兔、獾猪或者几只斑鸠、几只“老家贼”（麻雀，那年头这些都属“四害”）都可统称为“猫儿”。总之，他们出去转一天一般不空手（不像有些钓鱼的，钓不到就到鱼市去买）。这是因为早上出门枪就上了膛，枪管里灌满铁砂，枪膛里塞满黑火药，这一枪必须打出去，否则容易出事，这是这一行的规矩。

我本家的一个堂叔就是位“打猫儿”爱好者，小时候没少吃他家的兔肉。前两年回老家曾专门去探望他，老头80多了，精神尚可。我逗他说：“还打猫儿吗？”他笑了：“打不动了，枪早就收了。再说，哪还有猫儿呀？现在哪哪都是人。”我说：“跟我到新疆去打吧，那边的‘猫儿’多得是。”他一听连连摆手：“别打，别打，千万别打！”接着，若有所思地像是对我又像是自言自语地感叹，“唉！猫儿都打光了、死绝了，人又能好过到哪去？”

小 卖 部

一

大马村人习惯把小杂货铺叫“小铺儿”或“小卖部”。

“小迈步”(小卖部)的出现,着实使我们村的文明进程“大迈步!”

当年农村的商贸点很匮乏,买个东西什么的要么去良乡赶集,要么就去设有小卖部的邻村交易。村东头的习惯去南尚岗村,村西头的去果各庄村,把大马村是个大村庄的地位大大打了折扣。

一个小卖部有那么大的威力吗?

咱先不说这个。先听一首当年由郭颂演唱的《新货郎》:“……打起鼓来,敲起锣,推着小车来送货。车上的东西实在是好哇——有文化学习的笔记本,铅笔钢笔文具盒儿,姑娘喜欢的小花布儿,小伙儿扎的线围脖儿,小孩儿用的吃奶的嘴儿,挠痒痒的‘老头乐’……”

喜气、乐气、洋气,您瞧瞧,就这么个推车卖货的就“嘚瑟”成这样。若是按现在的市场管理规则，这种流动小商贩要不被城管“按倒”才怪呢。不过，也用不着担心，这小家伙儿聪明至极。他自始至终都没说自己是卖货的，而是“推着小车来送货”，嘻嘻嘻……哎！这还只是四处打游击的小货郎的喜悦，那要是实体店，还了得？

我们村的小卖部具体成立于哪一年，我记不清了。只记得它设在村中央、外迁户许万勤的三间坐北朝南的空房子里。

屋子中央是用砖砌成的曲尺形的柜台，台面不是木板，而是一块平整的青石板。（我一辈子都记得那块石板，它对我的伤害是刻骨铭心的，后面详说吧。）

柜台后面是一排货架，墙角是两只大水缸：一只盛酱油，一只装醋。它们散发出的气味是仅次于街头厕所所能带给全体中国人的嗅觉标志。无论天涯海角，无论时隔多年，只要逮住一鼻子，瞬间就能回到童年。

货架上的货物远比“新货郎”的车上多：针头线脑松紧带，油盐酱醋糖与茶，这些都是常备，用不着多说。还有一些奇怪的东西，令我恐怖万分——我曾在柜台下面发现死人穿的寿衣与头枕的莲花枕。

小卖部，是市场经济活动中规模最小的零售单位，主要出售糖果、点心、冷饮、烟酒、日用品等。它的设立，着实使大马村沸腾了。浮在最表面的“水沫儿、浪花儿”当然是村里的小孩子们。买东西对孩子们来说,是最美的差事了——

他们提着瓶子去打酱油、醋。

他们端着盘子去买臭豆腐、酱豆腐。

他们拿着碗去买芝麻酱、黄酱。

他们偷家里的鸡蛋去换糖果、爆米花。

他们省吃俭用攒钱去买散发着水果香味的橡皮。

…………

小铺的设立,使得从不关心家庭生活的孩子,时刻关注着家里任何一丝可能发生购物的动向,一旦接钱便会飞奔而去。他们在购物中学会了勤俭运筹(因为家长说买剩下的钱归他们!),学会了加减乘除,学会了经营人生,一个小卖部堪比一所学校。

有关小铺儿购物的情景永远是我怀旧的蜜糖。

小孩子们打酱油的行为,为国人错失情感的表述贡献了生动的载体。当年姜昆先生在相声中说:一个人谈了八个对象都没看中,后来一想还是第一个好;结果,找过去才发现,人家孩子都会打酱油了。这一生动的表述一直蔓延至今。时下,泛滥于网络上的“打酱油的”“吃瓜群众”等语言都是其身影。

您以为打酱油这件事那么容易吗?

我妈说:“快,拿上瓶子到小铺儿打5分钱酱油,等着用呢!”

按照嘱咐,一路上念叨着酱油、酱油,生怕记错!可这种记忆方法最容易出事。

到了小铺儿，人家问:“是买酱油，还是醋?”

“啊？买什么来着？是酱油吧?”

“把瓶子拿来!”售货员接过瓶子闻了闻，灌了酱油。

一路小跑，还时不时地呡上一小口。买货吃货是那时孩子的普遍特性。记得曾有家长端着芝麻酱碗找到小铺，说是已经称过了——缺斤短两，要求复秤。售货员不慌不忙地趴在柜台上笑眯眯地问:“您的孩子，您称过了吗?”

二

小卖部带给孩子们的是无尽的快乐，带给大人的是什么就很难说了。虽然那个年月商品大潮还远没袭来，但是，这股小商品的溪流已经奔涌而来，冲击着大马村每家每户并不坚实的柴扉。

当家男人们感到了空前的压力!

以前购物，要么赶集，要么到邻村，小包一装提回家便可，还都是很私密的。可如今，店开到了家门口，村里家境稍好一点的人家，便时常打发孩子，掂盘子、端碗，大包小袋，招摇过市，炫耀着富有。此外，一旦小卖部上了新货，比如:来了新头巾、鲜糕点(蛋糕、桃酥、炸排叉、江米条等)，不给媳妇来一条？不给老人称几块儿？这一切都在挑战着当家人的腰包与尊严。

小卖部这根经济小杠杆，将原来四平八稳的村庄撬动得有些倾斜了！一些匪夷所思的事件围绕着小卖部展开。我在《大马村纪事》一文中，曾写过村民李五与王四打赌吃月饼这件事。前提就是因为小卖部就在身边，还可以赊账。巨大的美食诱惑与聚赌刺激，使得他们铤而走险。

"……王四很快从小卖部赊来两斤顶部印有红圈的'自来红'月饼，一共10块。

"李五一点儿都没含糊，一口气5块就吃下去了(前4块基本上是嚼都没嚼直接咽下去的)。吃第七块时，李五说：'牙不太好，能不能不吃里头的冰糖，硌牙'。王四说：'行。'吃第八块时，李五伸出的手青筋绷起；吃第九块时，他双眼充血；当他颤抖着将手伸向第十块时，全场鸦雀无声——人们害怕了，这是要出人命呀！"

…………

好了，这些惨痛的往事还是不要再提了。

说说发生在我身上的伤心事吧。

那年，我的田格本用完了。我跟家里要钱，我妈说没钱，就给了我一个鸡蛋。

当年，鸡蛋是农村的等同于黄金的"硬通货"，油盐酱醋全靠它。大马村的"GDP"(国内生产总值)就是鸡的屁股。

我小心翼翼地握着鸡蛋来到小卖部，想把鸡蛋放到柜台上。可能柜台太高，我太矮，也由于太紧张，手里出汗，鸡蛋粘在了手上。我以为放稳了，结果手一抬，粘在手上的鸡蛋又脱落在那块石板上，就听"啪"的一声，鸡蛋碎了，我的心也碎了。

当时小铺里还有几个人，他们都笑了——我能听出那是嘲笑！

我强忍泪水，收拾残局。碎鸡蛋人家根本不收，可就这么扔了又太可惜——那毕竟是珍贵的鸡蛋呀！再说，也把人家的柜台弄脏了，售货员一脸的厌烦。怎么办？我只好欠起脚，把嘴凑近柜台边沿，用手把“散黄儿”的蛋液划进嘴里，合着奔涌而出的泪水，一口咽到肚子里！

想 良 乡

一

我们村的老人都把良乡叫作“县”,把去良乡叫作“上县”。

村西头儿王树德他妈——王老太太活着的时候,人们便接长不短儿地看到她收拾一新,挎着个小竹篮,颠着一双小脚到良乡看她聘在西北关儿的老丫头去。

村人见了总是要问:“大妈,您这是嘛去呀?”

“县——去!”王大妈颇为自豪地说。

一来二去地村里便多了一条歇后语“王老太太上良乡——现(县)去!”

“现”这个字,在我的家乡可不是什么好字眼儿。几分张扬,几分调侃,有丢人现眼的意思。对此,我的乡亲们可不在乎。良乡是我们的老祖母,在她面前没有什么难为情的——现就现吧!

良乡古来称县,追史怕是要上溯到首开郡县制的秦朝。有出传统京剧小戏《三不愿意》说的就是良乡县发生的故事。

良乡的得名，据说是从“人物俱良”一词取意。然而，我对“此讲儿”不以为然。倒是儿时的一则关于良乡的谜语时常萦怀：用“奶油冰棍儿”打一地名，谜底就是良乡——又“凉”又“香”嘛！

如今，阔别良乡30年，每每想到这个词，顿觉清爽沁心，香气扑鼻，一股浓浓的思乡之情将我淹没。

所谓“人物俱良”的说法，我想应该是民风物产都很好的意思。如果是专指人与物的话，则很差强人意。从历史上看，良乡县境内名人不多，乐毅算一个，贾岛算半个，姚广孝是个阴谋家，孟良、焦赞是戏剧小说中的人物……物的方面也不算太好，30年前良乡闻名天下的物品好像只有糖炒栗子。当然，还有一件东西名虽不显，但也算得上遍布天下了。

那年我从北京坐三天三夜火车到乌鲁木齐，又坐两天两夜汽车到阿勒泰，真有到天边儿的感觉。后来插班上学，全班有一半同学是少数民族：维吾尔族、哈萨克族、俄罗斯族、蒙古族、回族……同桌是个黄头发的俄罗斯族女孩。第一天上课，刚一落座，忽然发现那女孩的桌上放着一个很旧的铁皮铅笔盒。漆面脱落，锈迹斑驳，打开盒盖，在九九运算式下边的一个标志中，“北京良乡文具厂”几个字赫然入目。同桌说这是她姐姐们留下来的，她有三个姐姐，都已上大学。

后来，我才惊讶地发现全班一半同学的文具盒、三角板、圆规、半圆仪都是良乡出品。想想，北京的一个县的商品能够行销到如此荒僻的所在,称之为遍布天下亦不为过。

我不知这个厂子今天尚在否,小小的文具,不起眼儿的文化产品,数十年的营销已经演绎出一种独特的“商品文化”。想想:中国有多少个孩子,正是通过这些不起眼儿的小东西,描画出自己的道路,规划出自己的人生。如此说来,这个厂子的功绩与文化意义可就大了去了。

二

我记忆中的良乡,农业味十足。全城除东北角的修造厂有几栋楼房外,其余都是平房。闹市区是一个被称作“大角儿”的所在。以此为中心向东南西北延伸出四条小街,东西短,南北长。沿街建筑均为民国营制,低矮破旧,与满街面有菜色的人群相得益彰。这些人大都来自周边乡村,赶集购物,逛街散心,蹲在路边大嚼油饼油条,没人觉得这是否“现”与“不现”。

天下城池大都有门,不过,在良乡这些门都被“关”取代。东关、西关、南关、北关,非常端正。偏一点儿的也特别指明,如西北关。我去良乡大多从西关进。西关据说早年间确有高大的城门,四周还有城墙。在我儿时朦胧的记忆里似乎见过那已经被拆除城楼、残破不堪的高大城墙。稍长,还在良乡二中西边的菜地里见过一段残存的墙基。

听老人们说,早年间良乡城城门、城墙、护城河俱全。不难推断这是一座依古制而建的城池。《考工记》中记载："匠人营国，方九里，旁三门，国中九经九纬，经涂九轨……"也就是说，打开城门，来自四面八方、十里八乡的村民一拥而入，立时，小城就会上演一场农民盛会；关闭城门，自成一统。

良乡何时建城，何人建造，又是哪位诸侯王的封地？因手头没有资料，无从查考。不过，我倒认为这座小城是这方土地上的农民们精心种植出的一个硕大的"根块儿"。

良乡城自身有一些文物遗存却极少文化积淀，这从良乡官方发布的简介中都可以看出来——"昊天塔、乐毅墓、关帝阁等众多历史文物古迹演绎着良乡镇悠久的历史文明。张谢村的高跷、小营村的小车会等独特的民俗表演、传统的民间艺术，积淀了古老文化与现代文明的交融。"谈到文化要拿周边的乡村说事儿，这对良乡城来说好像也没什么难为情的。正如周边的村民或穷或富都可以在城中潇洒一样——相看两不厌！这座城与这方土地的人所形成的默契是十分惊人的。

对于生活在良乡周边的村民来说，幸福要是不拿到良乡展示一下，那还叫幸福吗？

村里青年男女处对象，男的用自行车带着女的去趟良乡，到南关的饭店吃个饭；到大角儿的百货商店买几件衣服、几块头巾，扯几尺花布；到良乡照相馆照个相；浪漫一点儿的还可以到良乡三街的电影院去看场电影，这事儿八成也就成了。等到结婚办事儿，酒席上的酒肉要到良乡去置办，新婚蜜月也是两口子去趟良乡逛一圈就算完事儿。再以后，媳妇“有了”，掐算着日子差不多了，爷们儿用自行车把媳妇驮到良乡医院；快过年了，一家三口到良乡东街新华书店买年画儿，到大角儿的农用日杂商店买“小铁杆儿”“麻雷子”鞭炮，到北街农贸市场买瓜子花生、茶杯茶碗等年货；孩子上学了，争取考上良乡中学……

说真格的，我们虽然地处京西南的远郊区，但从行政区划上说，我们也算“天子脚下”，也是北京人。但是，我们这群京城的“穷亲戚”，真没为它添什么乱。很少有人到北京城去办什么事，所有的事到良乡就能解决，有一座良乡城在身边，我们知足了！

三

我们家在良乡西边的大马村，距良乡城三四华里的样子。晴朗的日子里，站在高处可以看清良乡塔上“毛主席万岁！”五个大字。在行政区划上我们村隶属崇各庄公社，即现在的青龙湖镇，与我们相邻的村叫小马村。大马村地处崇各庄公社东南角，我们家又在大马村的东南角，与良乡公社的固村相邻，与南尚岗村接壤。南尚岗村的人锄地锄到最北头就到了我们家院门。喝口水、抽袋烟、上趟茅房，都在我家进行。以前两个地方的村庄都差不多，到了后来，也就是改革开放后就有了差距。当我们村的青年赶着牲口在麦田里“混地保墒”的时候，南尚岗村的姑娘小伙儿已经骑着自行车到良乡钢窗厂上班了。

人们就纳了闷儿了:怎么同是生活在这块土地上的人,命运的差距咋就那么大呢!?为什么我们村离良乡这么近,没划到良乡去?

于是,一个说法在村中流行:据说当年也有将大马村、小马村划归良乡的打算。不过,此事最终被岗上村的“革命老人”给挡了。他说:“大马、小马是崇各庄公社不可分割的一部分!如果大马、小马妄图‘逃跑’,那就用我们的‘缰绳’把它们拴住!”有意思的是,在家乡人的口音中“岗上”与“缰绳”发音相近。

这绝对是胡说八道!但它真实地反映出我们对良乡的爱慕之情。归不归属良乡无所谓,反正良乡在我们心中,它早已归属了我们,谁也夺不走。

我时常在想,以我们村紧靠良乡的区位优势、自然水土丰富等条件应该可以得到更加快速的发展。为啥直到如今仍然声名不显。“崇各庄乡”这架马车为什么不能让“大马和小马”驾辕、拉套,奋勇向前呢?

四

这话说起来有小三十年了!我对良乡的记述怕是现在的良乡年轻人都不知晓了。

从网络上我看到,自从房山区政府迁到良乡之后,这个地方就发生了翻天覆地的变化。大高楼、大广场、高速路、轻轨……一系列现代符号诠释着良乡现代化的蜕变。

被誉为“穷孩子银行”的西关废品收购站还在吗？

只需花两毛钱就能洗个热水澡的西关澡堂子还在吗？

过年买炮、买灯笼的“大角儿”农用日杂商店还在吗？

卖小人书、年画的东街新华书店还在吗？

用一毛钱买一个烧羊蹄的南街副食商店还在吗？

卖五香瓜子、花生、豆腐丝的北街农贸市场还在吗？

放映过《少林寺》的三街电影院还在吗？

批发过小豆冰棍的西北关冷饮厂还在吗？

良乡二中附近那几棵千年古柏还在吗？

破败残缺的良乡塔整修一新了吗？还能在晴朗的天气里，坐在疏可走马的塔顶“唐僧帽”上一边吃着鱼皮花生，一边眺望前门楼子吗？

…………

魂牵梦绕的良乡啊！我是多么地思念你！

此刻，我坐在新疆北部一个小山城里写着这些文字，推断京畿之地的良乡城变化，我的这些思念简直就是梦话。

还好，老良乡从此不再有，但它会长留在我心中。

唉！啥时候可以回趟家乡啊？带着老婆孩子，收拾一新，穿街过巷去趟良乡。路上，如果有人问我：“干啥去呀？”我想，我会自豪地回答说：“现——去！”

咀嚼春天

我上小学的时候，中国既没改革也没开放，我们家的日子过得格外艰辛。正是发育的年龄却终年缺油少盐，得不到良好的营养，都十二三了看起来还像一只小萝卜头儿。所以，即便当时在课堂上学的是中国最优美的散文——朱自清先生的《春》，也丝毫不能引发我的美学想象。我当时一门心思地就想着吃。老师在台上朗读课文说："春天像小姑娘，花枝招展的，笑着，走着……"我无动于衷。别说"像小姑娘"了，就是真的小姑娘我都不感兴趣。我在台下只想今天中午俺娘会给我做啥吃的——榆钱蒸疙瘩？凉拌柳芽儿？还是马齿苋菜团子？为此，直到今天我都认为朱先生这篇文章哪都好——春天怎么好看、怎么好闻他都写了，就是没写春天怎么好吃，这不能不说是个遗憾。

真的，春天的确可以吃！

和时下一些女孩子总盼望着自己能有一副"魔鬼身材"一样，

我当年也一天到晚地盼望着自己能有一个“魔鬼肚子”，这样就能把春天的生长物都吞下肚去。在我的眼中，春天里一切出芽的东西都可以吃。柳树叶子能吃吗？能！而且味道还相当不错哩。

刚拔尖儿的柳芽儿采下之后，放到锅里煮开，翻几翻，捞出，再放到凉水里泡上一宿。等到清水发黄，滗去黄汤，拈一小片儿叶子放到嘴里咂咂不是那么苦涩了，就可以倒上蒜汁儿、酱油、醋、盐，再浇上一勺冒着青烟的花椒油，“嗤啦”一声，一道美味就诞生了。当然，如果穷得连酱油、醋、盐都没有也不要紧，从腌咸菜的缸里舀一勺老汤放上，同样别有风味。

有了这盘苦涩的柳芽儿做底，其他的，像什么榆钱儿、豆苗儿、槐花儿、苜蓿苗儿、马齿苋、扫帚苗儿、蒲公英、荠菜、涝涝菜、香椿芽儿等“细菜”，做出的饭菜就堪称真正意义上的美味佳肴了。作家汪曾祺说：“凡野菜，都有一种园种的蔬菜所缺少的清香。”

榆钱儿饭的做法各地都差不多。把榆钱儿从树上捋下来，用水洗得干干净净，同玉米面拌在一起上锅蒸，水一开花就算熟。然后，盛进碗里，把切碎的白嫩碧绿的小葱泡上隔年的腌菜汤，倒在榆钱饭里，吃起来酥香可口——大小伙子端起一大海碗“呼噜呼噜”就下去了。或者，熬小米粥时，撒一把榆钱，喝起来甜滋滋、滑溜溜。如若将榆钱儿用葱花油搅拌，放少许盐，烙成煎饼，裹上蒜泥、油泼辣子，嘿！吃起来香味四溢，很是馋人。

有道是“半大小子，吃死老子”，时下一对夫妻一个孩子都养得力不从心，那年月哪家不是四五个的生，养活这么多人，榆钱饭也有功劳哩。

槐花儿的吃法也可如法炮制。不过，这东西发甜且香气冲人，许多调料都“镇”不住，吃起来很容易发腻。

豆苗儿其实就是豆芽菜，不过这里说的与现如今市场上卖的可是两回事。它们大都生长在田地里——就是头年种过豆子的地，转年一开春，那些散落在泥土中的豆子发出的芽。一颗颗白白胖胖的，顶部的豆瓣儿已裂开了嘴（有的已发出嫩叶），像一双双小手伸向蓝天。此时的田野里，一群群也如豆芽菜一般的孩子正手提小竹篮，将枯黄瘦弱的小手伸向这些“绿色的小手”。当然，我也在其中。

我忘不了每次采摘时自己的笨手笨脚，太阳快要落山了别人都是小篮满满而我半篮不足的尴尬，更忘不了同村的二妞、三丫、四凤这些女孩大方地每人拿出一大把将我的篮子填满。看着她们晒得黑红的小脸儿及细黄的毛发贴在汗津津的面颊上，一股莫名其妙的情感平生第一次袭击了我——这些朝夕相处的“假小子们”竟是这么的美呀！一时间，小心脏“扑通扑通”地跳个不停。

马齿苋这种野菜俗称“马勺菜”，因其叶子圆圆的像只马勺而得名。别看名字不雅但吃起来味道不错：蒸包子、包饺子、凉拌都行，宜荤宜素就是有点儿发酸。这东西也能入药，在老家时，每到春季村医务室都要熬上几大桶，“赤脚医生”们就挑着桶挨家挨户地送，说是喝了能预防痢疾和传染病。我喝过这种汤，加了糖，甜酸甜酸的，口感极佳，不知道现如今还熬不熬这种汤。时下，在春季传染病高发期喝上一碗这样的纯天然药汤，可能对预防“非典”“流感”什么的也有作用。当然，这样一碗野菜汤不但可以喝进肚里预防疾病，而且更为关键的是能融在一个农村少年的血液中，使他日后在面对人生的苦难时具有一种天然的免疫力。

蒲公英在老家被叫作“婆婆丁”，这种野菜我没少吃。口味好、形象佳、繁殖广，是最有可能“农转非”加入蔬菜部族的。

野菜也有形象吗？那当然！作家冯德英就创作了长篇小说《苦菜花》。（苦菜，在老家被称为“苦麻儿”，开黄花，味道极苦，泡水喝能祛火，是个好东西。）再有，就是这蒲公英。上学时，语文书中有一幅插图就是由版画家吴凡先生创作的水印版画《蒲公英》。当时没觉得咋样，如今再看真是令人思绪万千。简洁的构图，大片的空白，充斥着我对儿时生活无尽的思念。画中的女孩儿分明就是与我朝夕相处的“村妮儿”，飘飞的花瓣儿不就是我吗？二妞儿、三丫儿、四凤儿，你们现在都好吗？

…………

最后再说说香椿叶吧，它堪称春天野味里的至尊。初春的香椿芽最为鲜嫩，采下之后在热盐水中浸泡舒展，之后用鸡蛋加面粉调制成面糊，将油锅烧热，再将叶片裹上面糊放到油里炸至发黄，捞出即可。形如黄鱼，外焦里嫩，香气醉人。时下，这东西已经走进了京城国宾级的饭店。这是一种让人不知如何是好的香，一种不可名状的香，一种香死人不偿命的香。当然，和世界上所有美好的东西一样，这也是一种时常“招惹是非”的香，往往是一家炸香椿鱼，满村都能闻到。那年头老家人吃饭没个正形儿，端着碗满街乱逛。无意中逮住一鼻子，碗中的饭食顿时索然无味，当下就不干了：“这是谁家炸香椿鱼呢？还让不让人吃饭哪！”于是就有人应答：“号丧什么！这是老张家的姑奶奶回来了！”

姑奶奶者，出嫁的女儿也——这是贵客，不可慢待！

上边说的几种野菜山城差不多都有。初春时节，时常见一些人胳膊上挂着布兜站在路边榆树下，踮着脚尖撸榆钱儿；田野上也满是采挖蒲公英的人；菜市场也有人在叫卖各种野菜，看来山城“咬春”的人还真不少。我的一位老乡嫂子每年都要蒸榆钱饭，还打发孩子给我送一大碗。我老婆尝了一嘴就撂那儿了。我呢？说实话，多年的城市生活使得我的嗓子越来越“细”，口味也越来越“刁”，不像小时候那样吃起来那么香甜。但是，我仍然固执地吞咽着。那条越发娇气、刁钻的舌头在粗粝的饭食中穿梭往返，寻寻觅觅捕捉着往昔岁月的苦涩与香甜。那份童年生活的烂漫、那份萌动于田野之中的无限真情就真的一去不复返了吗？

再抬头已是泪眼蒙眬。

村上椿树

一

这倒好，写故乡愣是写出个日本人名来。

请注意，那个听上去与此同名的是日本人，是位作家。他的名字里是“春天”的“春”。他有一本很出名的书《挪威的森林》，我没看过，但是里边有许多话倒是听说过，老深刻了！比如这句：“每个人都有属于自己的一片森林，迷失的人迷失了，相逢的人会再相逢。”

很明了，属于这位作家的那片森林在挪威，而属于我的这片森林在故乡大马村，而且这片森林只由两棵树组成——一棵是香椿树，另外一棵是臭椿树。

香椿与臭椿同属落叶乔木，但“毕业”的科系不同。香椿为楝科，发芽又嫩又香，人见人爱；臭椿为苦木科，长叶又苦又臭，不受人待见。

二

我们村的椿树倒是有一些，但远达不到森林的程度，真正成材的也很少。最大的一棵香椿树在村东头的地主婆许二奶奶家，最大的一棵臭椿树在村西头“反革命分子”米魁元家，其余的都半大不小。椿树这东西喜欢“串门子”。根系延展到全村，几乎家家发枝，户户出苗。从村落中间分，靠近许二奶奶家一边的出香椿苗，靠近米魁元家一边的长臭椿树。

是不是自发生长的这一眼就可以看出来。这些树大都生长得不是地方。窗根儿、墙角儿、门前、屋后，我们家的香椿树在猪圈与厕所连接处。

每至初春，网上就有许多关于香椿的文章。许多人怀念小时候吃油炸香椿鱼的美好回忆。其实呢，香椿这东西在农村只是个时鲜物，算不上稀罕物。炸香椿鱼一是要用油，二是要用鸡蛋，这两样食材在缺油少盐的当年显得十分珍贵。尽管人们都知道，那样制作会把几片寻常的树叶烘托得辉煌无比，可现实是，谁又会为了几枝院中的树芽随意搭上这些好东西呢？

想当年，鸡蛋是随意吃的吗？贫困的岁月里，一家人的油盐酱醋外加孩子的学费、书费、铅笔、作业本等都要靠着鸡蛋换取。似乎也只有老人、病人、婴儿、月婆子能吃几个。那年月，鸡的屁股就是农村家庭的“GDP”！

在我的记忆中，香椿的吃法只是掰几枝香椿芽清洗切碎，放盐，浇开水，之后点几滴小磨香油就算齐了！用它来拌用玉米面制作的“摇嘎嘎”和玉米面掺了榆树皮制作而成的“轧擦格儿”（两样农家饭）便能起到化腐朽为神奇的效果。

香椿是味觉化的春天，植物性的肥肉，能咀嚼的香水，随手可摘的温柔。

三

再说说臭椿树吧。

人有好坏之分，树也有香臭之别。臭椿树之所以臭是因为它的叶基部腺点发散臭味。其实呢，这也是它的一种自我保护措施，精明至极。

在村子里，臭椿树的形象难说好坏。乡村人判断事物多以是否有用为标准。村里有桃林杏林，每到收获季节，“一线红”（仙桃）、“北京白”（杏儿）均要以荆条筐盛之，送往京城。只是入筐之前先要用臭椿枝叶垫底，装满之后还要用它覆盖其上。据说，这样处理的水果不腐不烂，鲜香斐然。似乎也只有在那个时节，臭椿树的身份才等同仙桃。而更多的时候，人们便拿它开涮。

村里有许多“懈松鬼”——就是那些满嘴俏皮话，没正形儿、少规矩的家伙，最初大家形容这些人自编了个歇后语：“老驴圣——翘皮（俏皮）不少”。驴圣者，驴之阳具也！那东西平时黑乎乎，皱巴巴，皮翻毛疵死难看。后来村人觉得此言不雅，就干脆改为“老臭椿树——翘皮(俏皮)不少”。因为，成年臭椿树的表皮也开裂翻卷。为此，好端端的一棵树居然混得和驴的那玩意儿一样——这事儿闹的！

村里的那棵大臭椿树在“反革命分子”米魁元的院子里。这个位于村西头的小院儿原是一个废弃的小场院。两间土坯房、一棵大臭椿树与米魁元相依为命。

米魁元是城里下放到我们村的。听说他是“反革命”，听说他曾在重庆渣滓洞干过，听说他见过江姐……似乎除了老村长，村子里没人清楚他的具体身世。即便这样，大马村没有为难他，相反，还很照顾他。

米魁元成分臭，院子里的树臭，他在村中从事的劳动更臭——掏大粪！

掏粪这活儿听着臭，其实还是蛮“香”的。

首先，他不用按时上下工。每天早上要等人家上完厕所，上工之后才能开始干活。其次，没人监督。是呀，谁会跟在一个掏大粪的屁股后头当监工呀？第三，活儿很轻，没定量。一个村子有多少人家，就有多少茅房。谁家人口多，谁家人口少，按照“投入产出”比率，米魁元心里明镜似的。用不着提前跟他打招呼，常常是他的粪车刚到一户人家门口，那家人就会说：“正要去找您呢！”第四，权力不小。在农村，农家肥可是好东西——很值工分。

掏粪都是按挑儿论。一挑儿——2桶,能抵3个壮劳力的工分。这些粪运到粪场摊开、晾干、发酵,之后,拿到村后菜园里用于种菜,这是极品肥料。没人会将它浪费到大田里种庄稼的。

米魁元干这活儿极为细致。

到谁家掏粪都是先将粪车停到院门口,只提两只粪桶进院。将茅坑的粪掏到桶里,再用一根小扁担挑出来,挂到粪车的横梁上。他挑粪时极为小心,绝不会滴滴答答、哩哩啦啦,弄得满院子都是,臭气熏天。之后,将茅房和挑粪时走过的路径都打扫干净。此外,如果见到谁家蹲坑的砖头碎掉了就补两块新的,踏板松动的就用钉子钉好。之后,还要用石灰将茅坑里里外外扑撒一遍,干净爽利。最后,才敲主人家的房门。

他从不进人家的屋里,也不坐到人家院中丝瓜架下的饭桌旁。而只坐在台阶上,小心翼翼地掏出一个小黑包——这是米魁元的心爱之物,里边一只粗大的钢笔是他的命根子。识货的人一眼就可以看出:这是1936年版的派克金笔。他将纸放到腿上开粪条。主人家凭此条即可到生产队会计处兑现工分。一笔周正的颜体,使得生产队会计刘春启爱不释手。单凭米魁元的这些粪条,刘春启居然也练得一手好字。

米魁元不喝人家的水,不抽人家的烟,顶多看到人家的香椿树茂盛无比,才客客气气地说:"摘您家几枝香椿?"

"摘吧,摘吧,多摘点儿!"

哎，就是这么一件臭气熏天的活计，愣是让米魁元干得风生水起，人见人爱、花见花开！

村人都很尊敬米魁元，他胖了！

四

武斗来了，噩梦开始了！

三伏的一天中午，一群红卫兵从良乡城里涌进村中。经人带领冲进地主婆许二奶奶的家中。

这是一个非常精致的小院。两间磨砖对缝的小房，院里青砖铺地（这在农村极为罕见），院中一棵大香椿树遮阳蔽日。

这曾是村里老地主许金山四合院的东跨院。

许二奶奶是许金山的第二个老婆，续弦，过门那年才16岁。

她和老地主只生活了三四年，许金山就死了。接着就是解放、土改。老地主房产被分，前房儿女与她脱离关系。这个小跨院因为太狭小，没人看得上，她便栖身于此。

红小将们冲到院中，四处张望：抬头看看香椿树蓬勃茂盛；一回头，又看到院中做饭的小棚子里的灶台上堆满了鸡蛋壳，不由得哈哈一笑："果然是地主婆，看她吃了多少香椿炒鸡蛋！"

其实他们哪里知道，这些鸡蛋壳都是许二奶奶从良乡的饭铺里用香椿芽换来的。这是小马村老中医拐先生给她开的治疗糖尿病的偏方——把鸡蛋壳烤焦、研碎、冲水，做药引子用的。

红卫兵冲进房子,从炕上拖起病恹恹的许二奶奶。这个被病痛与命运折磨得奄奄一息的女人并没有喊叫,而是逆来顺受地一声不吭。

正当这群小将气势汹汹要拉许二奶奶出街游行之时,一个声音从院子西南角的茅房里幽幽飘出:“她一个快死的人啦,你们斗她干吗?”

随着话语声一个矮胖的老头从茅房里走出,头发花白,上身穿两根筋背心,腰系黑围裙,一根掏粪勺拄在地上,神态安然地与红卫兵对视着。

“这谁呀?”

不怕硬的,不怕愣的,就怕这挡横不要命的!红小将们一时被这个老头镇住了。

可也只是一刹那,旋即就有人认出:“反革命分子”米魁元!他是国民党!我们正要找你呢,这倒好,你自己送上门来了!把这个臭“反革命”拿下!

这群小将扔下半死的许二奶奶,直扑米魁元。没用绳索只将他反剪胳膊押到当街,立时召开现场批斗会,历数米魁元种种罪状,这是“文攻”。接着就是“武卫”,他们抽出系在腰中的皮带,劈头盖脸抽向米魁元。老米抱头弯腰,只露后背。三伏天,汗津津的后背着了皮带猛抽,立时隆起一条条“大驴唇”。没一会儿,老米就跌倒在地上。

正在此时，老支书黄祥及时赶到。他央求红卫兵手下留情："革命的小将们，公社革委会特别嘱咐我们留住这个坏典型，有用处，可不敢打坏了呀！"

那群人又闹腾了一会儿，纷纷离去。黄祥立即让人把米魁元背回家中，放到炕上。待来人关门离开，米魁元艰难地下了炕，朝里屋爬去。

空荡荡的里间屋，只墙角处立着一个小水缸——里面腌着大半缸咸菜。老米拼着最后的气力爬到缸边，一把拉倒了咸菜缸。浓稠的腌菜汤喷涌而出，他一咬牙滚了上去……

米魁元到底是军人出身，他知道，如此炎热的夏季，伤口一旦感染会有性命之虞。之后几天，他都静卧家中，背上覆盖着几枝臭椿叶，得以蚊蝇不至，慢待伤口化脓结痂。

五

1976年9月9日下午4点，中央人民广播电台以万分悲痛的声音对外宣布，中国人民的伟大领袖、伟大导师毛泽东主席在北京逝世。

大马村的人全都惊呆了。

村委们匆忙赶到大队部，参加公社召开的紧急电话会。可还没等村委们缓过神来，大约5点多的时候，一位村民急匆匆跑进会议室，大声对村支书黄祥说："不好了，米魁元死了！"接着放声大哭。

一位村支委立刻大声斥责他说:“你在为反革命伤心流泪吗?”

那位村民赶忙解释说:“不是,不是,我是在哭毛主席!”

老支书黄祥浑身雷击电打般一颤,他敏锐地意识到这事得立即解决,刻不容缓,决不能把这个“反革命”的死和主席逝世搅到一起,否则要出大事情。

他们立即赶到米魁元家里。老米是下午在村民家掏粪时脑溢血发作倒下,后被上茅房的村民发现的。

“埋掉,立即埋掉!”村委会随即做出决定。

可是,没有棺材咋埋?

“他是‘反革命’,不是五保户,又不能为他砍伐村中的树做棺材!”

“干脆,炕席头子一卷埋掉完事!”

一时议论纷纷,举棋不定,大家把目光投向老支书黄祥。

黄支书卷了一根黄花烟(一种土烟),背靠臭椿树蹲下身慢慢说道:“米魁元是反革命不假,但他毕竟是人,是咱大马村的老人。他有罪人民惩罚了他。毛主席也说过,凡是人都有错误,除了刚出生的小孩和死了的人。现在老米死了,我们就应按照一个老人的去世标准发送他。”接着,他点着嘴上的烟猛吸一口,不知是这烟太呛还是刚才提到了毛主席,等他抬起头来时,人们惊讶地发现黄支书老泪纵横。

好半天，老支书才一抹眼泪站起身，随手撕下一块臭椿树翘起的树皮说："赶热活——给老米做口棺材！"

所谓"赶热活"，就是当即伐树，破板，做棺材。

老木匠方斌来了。他围着树转了一圈，又用手指卡了卡树干说："还是小了点，别说'三五'的了，就是'二四'的也够呛！"（"三五""二四"都是指棺材尺寸。）

这可咋办？

"把我家那棵香椿树放了吧！"

随着说话声，人群中走出一位身材瘦小的老妇人。她满眼噙着泪花，耳畔一缕花白的头发在秋风中抖动。她坚毅、昂然的形象惊得大家倒吸一口凉气。天呀！这不是平日里病恹恹的地主婆许二奶奶嘛！

六

20世纪80年代中期的一个清明前，从京城来了几个男女，他们找到老支书黄祥，说是米魁元的儿女。

米魁元被平反昭雪了。他当年是被抓壮丁当的兵，后在中美合作所后勤部门当勤务兵。

老支书详细地向他们讲述了老米生前的一些情况，接着，从箱底掏出一个小布包交给其中一位年长的。他小心翼翼地打开布包，几个人登时泪流满面——一支黑色派克金笔。这是老支书在清理米魁元遗物时，在炕角的席子底下发现的。

接着，老支书黄祥带上一行人去了坟地。

米魁元的坟地在村子公墓边上，因为年久无人打理，原本不大的坟包几乎变成平地。若不是老支书当年亲自参与埋葬，没他带路其他人根本找不到。

就在几个人跪下的当口，天空飘起了蒙蒙细雨。一群儿女撕心裂肺的哭喊声令天地动容。

好一会儿，大家才止住悲声。或许是细雨浸润的缘故，当他们抬起头仔细打量这座坟茔时，惊奇地发现，低矮的坟尖处一丛红彤彤的小树苗破土而出。几个人不约而同地问："这是什么呀？"

老支书上前，俯身，略一端详，说道："哦，香椿树！"

姓甚名谁

一

这几年我一直咬牙切齿地想改名，因为我认为我这些年诸事不顺、一个劲儿地头朝下“走背字儿”，完全是与我这名字没起好有关。

我极为羡慕那些把自己的姓名与人们耳熟能详的俗语、名词联系起来的人，如：姓时的叫时间，姓毕的叫毕然，姓吴的叫吴所谓，姓李的叫李拜天。看看这些名字多有趣，多响亮，多招人喜欢。再看我这名字——杨建英！男人女名，很是晦气。雌雄不分，是我恨这名字的第一点；第二点是谐音不好——“羊见鹰”“阳见阴”，这羊羔见了老鹰能有个好？白天进入黑夜能说很妙？

我曾在网上搜索过这个名字，想找一些同名同姓的“战友”壮壮声势，结果搜出一堆老太太。

在我们老家有这样的习俗，男孩一出生就起一个贱一点儿的名字，好养活。于是我的伙伴中就有了王狗剩儿、张狗蛋儿、许三丫儿、赵胖妞儿等，不过人家那些都是乳名。随着年龄增长，除了一些长辈有时开玩笑喊那么一两嗓子，到如今，一个个成家立业，有儿有女了，谁还敢叫。我这名字就不行了，正儿八经的“注册商标”，写进户口本的，撕都撕不掉。

《金瓶梅》中潘金莲有言：“南京的沈万山，北京的大树，人的名儿，树的影儿。”人活一世，草活一秋，没个响亮的名字这一生是很窝囊的。我并非宿命之人，可人常说名不正则言不顺，言不顺则事不举。我浑噩多年，一事无成，难道与这个不成气候的破名字一点儿关系都没有吗？

总之，“难言之隐，一改了之！”

二

我记得前总理温家宝访美，在接受《华盛顿邮报》访谈时说，中国最大的困难就是有13亿人口。“13亿是一个很大的数字，多么小的问题乘以13亿，都会变得很大；多么大的经济总量，除以13亿，都会变得很小。”我虽没有经天纬地之才、治国安邦之志，但也经常为这13亿人的名字问题发愁。就凭这100多个姓氏，3700多个常用汉字，要为13亿人都安上一个得体响亮的名字，又不重复，何其之难！是的，重名问题是中国姓名最为突出的大问题。据说，目前最好的解决方法就是增加名字的字数。可这就解决问题了吗？我看未必。

我们新疆是多民族地区，许多人的名字是音译，字数多，可重名问题依然存在。不信，您站在新疆城市的繁华路口大叫一声“买买提”，可能有不下20个人回应您。

记得多年以前我在矿山工作时，车间里有3个非常优秀的民族小伙子都叫革命别克，都是先进工作者。依照传统，一个单位里有人重名重姓，那就参照买鞋的规矩，分出个大小号来。就像体育界的大小王涛、演艺界的大小陶红那样。我们把这三个巴郎子也分了号：大的叫大革命别克，小的叫小革命别克，还剩一个不大不小的不知该咋叫，大伙一合计，干脆就叫“干革命别克”吧。车间主任也这么叫，早上开晨会主任分配任务：“大革命别克把井下四中段的配电盘检修一下；小革命别克一会儿和我一起去拉机油；车间里的雷管和炸药不多了，那个啥……干革命别克，你带几个人去炸药库拉一些回来……”

香港回归那阵子，国人除了兴奋之外，也看到了一些“古怪”的名字：范徐立泰、闾丘露薇……天下还有这样的复姓？于是，很多人以为是报纸出了错误。后来弄清楚了，这是人家“女同志”在自己的姓氏前加上了夫姓。其实这也不新鲜，这种做法古已有之。像我奶奶那辈人都这样，如：我奶奶姓董，嫁到我们杨家就叫杨董氏，依次类推诸如：张李氏、方王氏、赵陈氏，等等。但如果姓马的嫁给姓齐的那就成了“齐马氏”，姓洪的嫁给姓奚的就更麻烦了——奚洪氏！

扯远了,不过,这倒是一个相当不错的、别致的、避免和他人重名的好办法。看来,前人比我们聪明多了。

三

我较为系统地研究了我的父辈们的姓名与人生成败的关系,结果表明:他们的人生之路与姓名有着很大的关系。

按家谱上排,我的上一辈是“得”字辈,因此,我父亲排行老大叫杨得海,小叔叫杨得山,堂叔叫杨得水。如今,这哥仨都已过花甲之年。而纵观他们这大半生,我发现他们也真应验了“叫什么就得什么”的说法。

先说小叔杨得山,他这名字多棒!——“羊得山”有山就有草,靠山就吃山,所以他的日子过得挺滋润。

我小叔是位艺术家。早年间,毕业于戏曲学校,学的是板胡。毕业后,他被分配到梆子剧团任琴师,傍的全是名角儿。起初他日子过得还可以,后来各种外来艺术冲击国内艺术市场,造成古老的戏剧艺术走了下坡路。国粹京剧都减了市场,戏曲梆子更是混得快和白菜帮子一个价儿啦,他就干脆退下来,不干了!之后,他专心画国画,拜在京城许多名师门下,其中就有国画大师吴冠中。现在他早已跻身著名国画家行列,先后赴20多个国家办过画展,作品被中南海、天安门、人民大会堂等处收藏。总之,杨得山真就得益于他的山水画了。

再说堂叔杨得水，他这名字也不错，有水有草，日子过得也很滋润。

他16岁进城里的建筑队当了一名建筑工人，我们老家称这个行当为泥水匠。60岁退而不休，老爷子手艺精湛，绝活很多，被公司返聘当技术监工。每日下班，半斤猪头肉，二两老白干儿，一碗炸酱面；吃完，泡一壶“好叶子”，一边喝西湖龙井，一边听二黄流水。因此，杨得水也算得着水了。

最后，再说说我这“苦命”的老爹杨得海了。

我不知我那大字不识一筐的爷爷，咋会给我爸起这么一个富有诗意的名字。大海波澜壮阔，海水又苦又涩，有羊的活路吗？

我爸高小毕业后在天津参加工作，搞商业，就在海河边，离海很近。如果不出意外，干到现在他也会弄个一官半职的，因为当年他的同事都发达了。不想，1962年支边的号召一提出，我爸就毅然决然地踏上了西行之路，来到这个世界上离海洋最远的地方——新疆！他走时没和家里打招呼，等过了嘉峪关，才写了封家书。

起初，我奶奶不知道新疆在哪，还以为离石家庄不远呢。后来，问了村里一个明白人才弄清了是咋回事儿。明白人说：“新疆那地界八成儿和孙猴子取经去的那个西天是一个公社的。”老太太一听，当时就背过气去了。

是呀！对于我们那个“离家5里就要写家书”、贪家恋土的故乡来说,我爸的做法着实是惊天动地……

这一晃都快半个世纪了,父亲是否找到了他生命中的那个“海”? 答案是肯定的。几十年中,他穿越过瀚海阑干、茫茫戈壁、草原绿海、苍茫雪海、如潮人海、艰难苦海。当然,对于我来说,父亲这大半生何尝不是一个深邃的海!

20世纪80年代,我姑费了九牛二虎之力,为我父亲在家乡找到接收单位,打来电话流着泪说:“哥,你回来吧!”我爸也流着泪说:“我离不开新疆了……”

年前,我陪父亲回乡探亲,在与叔父们的欢聚宴会上,我发表了关于他们的人生与姓名之间关系的“研究成果”,老哥儿仨听完哈哈大笑,异口同声地夸赞我——胡说八道!

劁猪骟马

一

十几年前，我进政府办公室当秘书。刚一去，便参加了畜牧专题工作推进会，我负责会务工作。

专题会主要研究牲畜品种改良工作，与会者是全市畜牧兽医系统的负责人。

会议开始，政府主管领导讲话。他先通报了此项工作在全地区所处的位置是比较靠后的，之后责令主管局负责人分析造成这种局面的原因。

主管局领导啰里啰唆讲了一大堆，归结起来无非两点：一是缺资金，二是少技术。特别是对于最新推行的牲畜冻精冷配——也就是人工授精技术掌握不足。（注：一枚优质精子的价格很昂贵。）

对于这样的答复，政府领导很不满意，说如今财政预算都向你们倾斜，可以说，要钱给钱，要人给人，结果还是这个样子，你怎么解释？主管局领导被逼无奈只好说了一个原因。他说别的都好说，就是每次给母牛人工授精时，院墙外面的土公牛——也就是这些母牛在当地的“男朋友”乱叫，严重影响了母牛的情绪，怀不上胎，就改不了良！

嘿嘿！这会开得，愣是开出一个牲口版的《罗密欧与朱丽叶》来，大家哄堂大笑。

政府领导可没笑，非但不笑，而且勃然震怒。他一拍桌子，用手指着我命令道：“会后形成会议纪要，将这些闹事的土公牛统统去势！”

特别说明的是，我当时既没弄明白这“去势”是哪两个字，也没弄懂它的意思。我还以为领导要杀了这些牛呢，还私下里感叹领导用词的文雅，杀牛不叫杀牛，叫去世。结果，起草文件时，负责文字的办公室副主任改正了我的错误。他说：“此去势非彼去世，是将牲畜阉割的意思。”我一听，咳——！这不就是我们大马村当年常见的劁猪骟马嘛！

二

说实话，骟马我还真没见过，劁猪倒是常见。

劁猪，顾名思义，就是阉割猪睾丸或卵巢的一种去势小手术。这种手术比较霸道，公母通吃！

劁猪在东汉就有了，据说这是华佗传下来的。

哦，对了，华佗是劁猪匠的祖师爷！

华佗练这手艺，完全是因为东汉末年太监盛行，阉割手术不断。华大夫为防止"医闹"，先拿猪、狗做实验，最后用到人身上，和如今医用小白鼠一样令人敬畏。后来，到了明朝，皇帝朱元璋可能出于"同姓音缘"的考虑，为表彰这一先进事迹，特撰写对联以示纪念："双手劈开生死路，一刀割断是非根。"

过去的大马村家家户户都养猪。不养猪那还叫什么农村，还叫什么家啊？用村人的话说："过日子没抓没挠儿的！"甲骨文"家"字就是屋里一头猪。养猪，一来呢，是为了打发日常家里的残羹剩饭；二来呢，养大卖钱；三来呢，杀了吃肉。农人日子苦，到了冬天，不杀口猪给自个儿身上贴点膘，那可真要问："幸福在哪里了？"因而养一口猪对一户农家来说是很重要的事。进得家门，肥猪满圈，猪深沉的哼叫、持重的行卧、敦厚的体态带给人生活感、幸福感——啧啧啧！

那好好的猪干吗非得阉割呢？这是因为：

一、猪不劁不胖。理论上说，不劁的猪，虽然吃了很多食物，却并没有转化为膘。因为为了繁殖要积攒精力和活力，大量耗费卡路里，自然胖不起来。

二、猪不劁心不静。所谓饱暖思淫欲，猪虽为牲畜，亦有所需。不劁的猪，公猪瘦长，母猪婀娜，整天为准备吸引异性而躁动不安。可又生不逢时，投胎猪圈，社交圈过小，终不能得偿所愿，郁郁寡欢，越吃越瘦，徒然浪费粮食。要是劁了就不一样了，春心不动，夏胸不躁，秋意悠扬，冬日趴窝……总之，猪劁了，心就静了，气就顺了——身体倍儿棒，吃饭倍儿香，发愤图强吃吃吃，一心一意长肥膘。

劁猪一般在小猪苗子长到两个月的时候进行。

我曾在文章中说我们大马村啥都不缺。其实，那是吹牛。劁猪，我们一般要请邻村的郭氏兄弟，人家是祖传的手艺。兄弟两个一个劁公不劁母，一个劁母不劁公。他们好像都有功夫，骑自行车走村串户，风风火火，身形矫健。

劁猪时，郭师傅半虚跪在猪身上，双手抓住猪裆下的睾丸，捏住，再腾出右手，抽出刀。劁猪刀头有半个鸭蛋大小，眼镜蛇头一般，呈三角形，顶尖和两个边是锋利的刃口，用来划开猪的皮肤，后面有个手指长的把，末端带个弯钩，用它钩出猪肚里的“花花肠子”，然后缝合就算劁了。前后也就几分钟，之后擦手结钱，偏腿上车，“吱溜”一声，没影了。

至于劁下来的猪睾丸，有的被劁猪匠顺手拿了去，积少成多，成为一碗大补的下酒菜。有的被主人要了去，放锅里蒸熟，给男人吃，说是吃啥补啥。也有的被劁猪匠一挥手，将两颗玩意儿抛到猪圈的屋顶上，据说这是传统，名叫“高升”！

三

一个时期以来，我写了一系列乡土题材的文章。许多朋友问我："农村有那么可爱吗？"我说："是的！"可同时我也深知，农村之所以可爱，恰恰是因为它的"可恨"。

我们都知道，按照辩证法，任何事情都既有好的一面，也有坏的一面。对此，那些"粘上毛比猴都精"的城里人会专挑好的一面干，而傻了吧唧的大马村人则是好坏一起来。

比如，针对劁猪骟马这件事就是这样。

那年头，农村抓计划生育工作是这样的：一开始是动员妇女上环儿，后来又号召男人结扎。这本是好事儿，计划生育本就是男女双方的事，不能让妇女独自承担。后来也不知怎么搞的，村里竟传出：所谓男人结扎，就是把男人给骟了。这还得了，这谁还愿意去？当村中第一个"吃螃蟹"的人吕桂明结扎完回村之时，大家看他的眼神与慈禧看李莲英是一样的。

这是负能量的一面，当然，还有牛气的一面！

那时，村中有一个二流子黄某，好吃懒做，快40了也娶不上个媳妇。一天中午，他在庄稼地里干活，忽然发现村里的姑娘春英正在地里拔草，看四下无人，顿生歹念，将春英扑倒欲行兽行。春英大叫惊动路人……黄某被抓。

公审大会就在村中举行(那年头流行这个做法)，黄某被判5

年。老支书黄祥觉得这是个普法的好机会,公审大会后他决定就此召开村民法治现场会。

按照事先的设计,他先发表演讲,最后环节与群众互动。他说:“对于这些不法之徒我们应该怎么办?”

群众必当振臂高呼:“严惩法办!”

一切安排得都很完美!

可谁知那天他说完此句:“我们应当怎么办?”

群众却异口同声地大喊:“劁了他!”

守望麦田

南方人喜欢吃米饭，一天不吃，腰疼。

北方人喜吃面食，一天不吃，腿软。

南方广植水稻，把能种好水稻的袁隆平尊为“当代神农”。

北方广植小麦，能种好麦子的人遍地都是，最多称之为“庄稼把式”。

别看水稻光芒四射——“水光潋滟晴方好”，可在影响力方面，小麦可能要甩它几块条田！

20世纪80年代初，中国引进美国佬塞林格的一本书，这本书原本译为《棒球队的“捕手”》。可那年头，中国许多百姓还弄不清棒球运动是个啥玩意儿。后来，干脆译为《麦田里的守望者》。这下，大家都明白了：哦！是麦子地里的故事。其实呢，这本书和小麦种植半毛钱关系都没有。那叫它“稻田里的守望者”不行吗？不行！如是那样，还不如干脆称之为“稻草人手记”呢，起码这还有三毛钱的关系呀。

提到种水稻，咱北方人还真说不上个所以然，可提起种麦子，那学问可就多了去了。在此，我们就亮一亮种麦子的“葵花宝典”！

一

“戏台底下长好麦！”

冬天，小麦浇过水停止了生长。麦地干硬，闪着冰花。

此际，麦田不怕踩，不怕轧。就算在麦地里搭上戏台，胡蹦乱跳都不碍事。此时，牲口也可放入田里。摘去缰绳，任由骡马驴驹啃食麦苗(土地上冻，牲口厚嘴唇啃不出根来)。

下雪了。

麦田盖了厚厚的棉被。屋里人烤着火，倚着炕被，“瑞雪兆丰年”的喜悦洋溢在面容和语声上。

快过年了。

基干民兵发挥作用。他们一大早儿挨家挨户收敛尿液儿。雪街传来“嘎吱、嘎吱”的脚步声。一盆盆黄液汇合满桶。或两人抬，或一人挑，大家相随着泼入麦地。之后，春节前，还要追一遍返青肥。

二

春风送暖，麦苗返青。

麦浇三遍水,回回是关键!

头遍水助返青,二遍水助拔节,三遍水助灌浆,每遍都决定着麦子的命运。

如何控水?

民谚一:高低不过寸,寸水不露泥。

这是说,在平整的麦田里灌溉,既要保证注水量充足,又不能是“海量”,需拿捏分寸,浇了水的地见不着干土。

民谚二:麦在火里秀,还得水来救。

小麦抽穗扬花期,正是天气干燥、湿度小的晴热时节,麦田像火炉一样,需要水分多,不能缺水。

民谚三:马耳朵促,猪耳朵控,驴耳朵苗情正适中。

当麦苗叶似马耳朵——小而直立时,及时浇水,促其生长发育;麦叶若像猪耳朵——宽大而下垂时,则立即截断水肥,不使其营养过剩;可等到麦叶长成驴耳朵——宽大而直立时,表示肥水适中,小麦发育良好,用不着再多经手。各种情形的直观性、形象性,农谚都给讲活了。

民谚四:欲知五谷,但视五木。

听这话,叫人如堕五里雾中,风马牛不相及呀!

五谷泛指谷、黍、麦、豆、玉米粮食作物,五木泛指桑、榆、槐、柳、檀等多见树种。

五木关五谷何事?

民谚说:观察春天树木的花叶是繁是疏,长势是否壮,可预测当年庄稼丰歉。万物同为一体,由此即能够反映出彼,农民把深奥哲学在实践中融通,多有应验。

莫谓山中无诸葛,真正够格的农民基本上都是活神农!

三

三月有水兄弟麦,四月有水子孙麦。

农历三月逢小麦拔节期,犹如民间常议论的"男长十八,女长二十",麦子长身量时候,最需要水分。一尺秀穗三尺高,全赖于此。此时有降雨,当然好;无降雨,就得浇。浇水适时,整块地的小麦长得像同胞兄弟似的,齐头齐脑。若错过机会,到农历四月方得浇水,旱况会造成小麦参差不齐,像隔着辈分似的,有爷爷,有儿子,有孙子。哪还能保持住产量?"豆打长秸麦打齐",理儿都在这儿。

马不食夜草不肥,麦不浇夜水不旺。

白日浇,风迷眼;夜里浇,人受寒。

旷野夜晚,火苗闪闪,都是浇麦地的。青苗不负苦田人,返青以后的麦苗,苗不缺,垄不断。清清渠水带着心愿,没有遮拦地流入一畦畦麦田。返青水浇过一个多月,春的景象越来越深,麦田越来越显出人气。当淹没了人的小腿儿,麦子长高啦!

四

好麦不见叶儿,好谷不见穗儿!

说的啥?麦子长势整齐了,麦穗挺拔,看不见穗以下的麦叶,说明长得好。谷穗饱满粗壮,沉甸甸向下弯垂,就遮掩在谷叶下,放眼望去也见不着谷穗了。

品相好的麦子,青葱之时上边放根针都掉不下去。这情景出现在农民脱离了传统播种方法、小麦实现了科学密植以后。

五

小满小满,麦粒渐满!

立夏三天见麦芒,芒种三天见麦茬。进入芒种节,马上就要开镰了。一年里的麦收是庄户人家数一数二的大事。

一家人像筹办过年一样,各式各样准备着。主妇盘算着割麦时的吃喝,预备出送饭的篮子、送水的罐子。当家男人要做的是预备镰刀。挑选出几把,摆放好磨刀石,遂像做功课似的,一下一下磨起来;待用劲儿越来越小,就将要磨好了,拿起来对着刀刃眯一只眼端量;用大拇指往刀刃上刮一下,若感觉麻酥酥儿的,就行了,若感觉滑滑的,还得磨;几把镰刀全磨好了,站起身,直直腰,长长出一口气;气息匀了,逐个试验镰刀,将刀刃轻轻地拉树叶、草叶儿。

转天，天儿刚蒙蒙亮，男人到自家麦田，望着一片黄里还隐约有一些绿意的麦垄，揣摩近几日天气，定夺开镰的日子。在麦垄间走了一遭，心里有了底，选了一个中等麦穗揪下来，端详成色，看长短。辨别清了，合掌揉了这个麦穗，吹跑了“麦鱼儿”，干净的麦粒就像小香猪似的卧在掌心。将麦粒数了一遍，嚼了几粒，思考开镰火候还差多少。咂摸着麦香，也估算出了今年的收成：若不遇连阴雨，麦穗不长“小刺猬”，应当还是不错的，每亩怎么着也得打一石麦子。

出了自家地，必然要到邻居街坊家的地里转一下，看谁家麦子一领席儿似的整齐壮实，秸秆不高，麦穗大，比较起来拔头筹，好提前跟人打招呼，换明年的麦种。以麦子换麦种，为乡下习俗。麦种好，麦子才好，换麦种求心里踏实。去换的那一家对此也高兴，他帮了人家的忙，得到信任，很熨帖，两家关系就因此近乎了不少。但自始至终听不到一声“谢谢”——农民实在。

六

麦收青梢，不收花腰！

当麦田荡起金色波涛时，麦穗顶部还微绿，麦粒已经变硬的蜡熟期，称为“青梢”，就可以割。至麦穗出现了炸芒、爆粒，则完全成熟。待熟透再割，一是割不过来，二是容易“掉脑袋儿”。

麦收一晌，龙口夺粮。

老人说，上午还没完全成熟的麦子，经了一个中午暴晒，就能成熟，别耽搁。收割时期为多阴雨季节，遇上天气不济，不只影响收割、打场、晾晒，还会造成麦子在秸秆上就霉烂、发芽，麦穗像“刺猬”，从而减少收成。以“龙口夺粮”形容与天气比速度，说明了任务紧迫。

六月天，小孩脸，说变就变，时刻让人揪心。电台天气预报要按时收听，半夜里还要隔窗向天空瞭瞭，一片浮云牵心，一阵风能刮得睡意全消。遇上暴雨冰雹，麦子“伏窝”，全趴下了。敛不得，割不得，黄乎乎一片，看着窝心。

“麦倒一把草，谷倒一把糠。”盼了一季的麦子，落此下场，庄稼汉子会止不住哇哇大哭！

在所有的收割庄稼当中，割麦子应该算作体力与技巧结合最紧的农业活。一个庄稼人受人敬佩，活茬儿上除了提耧、撒种、扬场，便是这割麦。

这既是体力活，也需要技巧。麦子茬不能留得太高，每一镰，既要透彻有力，也要有节奏，步幅合适。手、眼、身、法、步五弦连心，步骤协调。挥镰步幅之舒展，仿若拳术中的“白鹤亮翅”，具有京剧艺术中的程式之美。

七

成熟的麦子都弯腰！

麦子，既然在阴天割不了，那日子必定是晌晴天气。麦熟看晌，一晌一样。6月中旬，那得有多热呀！麦收没大小，一人一镰刀。“麦子发黄，秀女下床。”“麦黄不收，有粮也丢。”这些民谚一句比一句让人心惊胆战。

割麦子，就得弯腰，弯半天，弯一天，弯几天，一连多日，腰疼得不成样子。麦芒扎胳膊，扎胸脯，每天上面都是红斑，密密的红点儿。

从黎明鸡叫起身，年轻人边揉眼睛，边癔癔症症进地。过了10点，太阳开始毒辣。麦田里白光刺眼，两个时辰后，镰刀也钝了。到晌午，唰唰割麦声响成一片，身后的麦捆连成串。烈日暴晒之下，身上衣服湿了又干，干了又湿。口渴得厉害！有那“井拔凉水”，一个人能喝下去半水桶。喝了这么多，也不会去小便，水分全从汗腺中排出。天黑透了才能收工，回到家里头晕眼花，浑身像散了架儿。一个麦季下来，往往脱几层皮。

八

丰收要当歉收过！

端午节能吃上新麦子。头通白面进了家，割肉包饺子、面条啃黄瓜、烙饼就小葱、馒头蘸大酱，自个儿给自个儿改善生活。那几天，出门见了的人，一个个面容光亮。

但这样的饭食，连续吃不上几顿。即便是产麦区，各村也不是撑足了给社员分麦子，大部分麦子去了国库。

九

麦子，是中国北方重要的粮食作物。半个多世纪以来，麦子都作为国之大计来考量。一帧照片，意义深远：开国领袖毛泽东戴着一顶草帽，笑眯眯地出现在中原麦田。

当年，麦收时节，各行各业支援农业。机关、厂矿、学校、解放军都打着红旗造声势，支援麦收。连小学生也放麦假，挎着篮子捡麦穗。

如今的麦田情形，机器耕作，机器收割。只需几个人，几千亩小麦两三天就收得干干净净。种麦，收麦，国家还有政策补贴。实现了良种化、科学化，一亩小麦单产，平平常常800斤，多的一亩达到千斤。多喜人呀！

可我的心总是空落落的，高兴不起来。那些曾经的麦田守望者呢，他们都去了哪里？有人告诉我，都进城打工了！

而城里有麦田守望吗？古老的民谚能指导现实的收成吗？

人误地一时，地误人一世呀！

品味丰收

一

下午快下班的时候，老婆打来电话，说店里一个姐妹过生日就不回了，晚饭让我自己看着办。下班回到家，清锅冷灶的也没心情开伙了，见到桌子上中午吃剩下的馍馍还有一个，于是抄在手里，躺在沙发上一边看电视一边有一口没一口地乱嚼。

此时，电视新闻里正在播报夏收的景象。大批的“麦客”开着收割机奔驰在广袤的中原、华北平原上，麦浪滚滚，热闹非凡，一派丰收的喜人景象。

“呀，都开始收麦子了！”

我自幼在农村长大，对这种盛大的农事活动有着一种天生的本能的喜爱。说也奇怪，一时间我顿觉神清气爽、口齿生香，仿佛一股麦香幽幽袭来，沁人心脾。

“这香味是哪来的？”

我下意识地抬手端详手中的馍馍，没错，香味就是从这个馍馍发出的。这就是我已经吃了几年已经吃麻木了的馍馍;已经成了没有好菜就难以下咽的馍馍;已经沦为饥饿填充物的馍馍——怎么以前就未吃出香味来呢?

现代生活的滚滚洪流已经将许多原始、本真、美好的感觉冲刷殆尽。这是一种来自大地母亲的爱,就像来自母亲的爱一样,却常常被我们忽略、淡忘。衣服保不保暖,好看就行;老婆贤不贤惠,漂亮就行;朋友知不知心,臭味相投就行;至于这馍馍,管不管饱,没有好菜可不行。

我家的馍馍是岳母蒸的,纯手工制作,用碱(而不是发酵粉)和面、大锅灶台烧柴蒸制,被誉为山东手工馍,酸碱适度,柔韧可口。吃一口生津利咽,再吃一口麦香连连,第三口下肚后,一幅故乡夏收生动繁忙的景象活脱脱飘至眼前。

当6月的骄阳把田野里的麦子由金黄烤成黄褐的时候,全村上下男女老幼便行动起来。这是一场仅次于春节的农事活动,大家的心情既紧张又兴奋。一年之计在于春,一年收成在于夏。在迎接丰收的日子里,大家显得格外谨慎:将坑坑洼洼的街道填平了,将堆满杂物的场院打扫干净了;村秀才们忙着泼墨挥毫,将一张张写着“三夏大忙,龙口夺粮”的标语贴得满大街都是;广播喇叭一天到晚响个不停,传达着村委会的各种命令,一会儿让村民们磨好镰刀,一会儿让劳力们把精神养好。

此时田里的麦子早已像羞红了脸的待嫁新娘,低着头等待倾心于土地的汉子们来迎娶她们。

收割终于开始了，随着如同迎亲曲的"咔嚓咔嚓"声，银镰过处，"新娘"温柔地倒在汉子的怀里。汉子们受到鼓舞，你追我赶，人人争先。

老汉们则组成了送水队伍，一担担深井凉水和绿豆汤送往一线；年轻的女人们在场院里打麦子；老婆婆们在家里照看孩子兼做饭。此时，再不和的婆媳也得休战，自家事小，耽误了丰收大计事大；恋人们也都暂缓缠绵，"月上柳梢头，人约黄昏后"那是丰收以后的事；小学生们都放了假，或半天上课半天由老师带着拾麦穗。蓝天白云下，广袤田地里，红领巾似一簇簇小火苗，装点着丰收的喜悦。

此时的村里村外早已变成麦子的世界，到处都涂抹着丰收的色彩。微风吹过，麦糠和"麦鱼子"（麦壳）在空中飞腾，恰似下了一场六月雪，纷纷落在人们的头发上、眉梢上、耳朵里、衣褶中。大街小巷、墙头屋顶、篱笆树枝间到处都有麦子的踪迹，连村中那个臭水坑都被麦壳覆盖成了"金色池塘"。

这时最美的还是劳动的人。短短十几天，大家都黑了、瘦了，眼窝也深陷了，但眼睛更加明亮了。他们在收获麦子的同时，也仿佛变成了一颗颗晶莹饱满的麦粒儿。

婆媳和好了，她们相互体谅着；恋人更亲了，他们相互鼓励着，小手绢儿包着煮鸡蛋，趁人不注意赶忙塞给眼见黑瘦的他；小学生们高兴了,捡麦穗儿挣的钱够下一学期买笔买本用了……

这之后,一连串大车满载着粮食,伴随着《扬鞭催马运粮忙》的乐曲,欢快地行走在交公粮的马路上;再以后,大家挤在场院里等着分口粮,那个负责分粮的人模仿着《卖花姑娘》里的腔调高喊:"一斗灌进老汉的口袋里去喽!"再以后,每当夜深人静的时候,场院里的麦秸垛后总有人在窃窃私语。

唉!说这些都是二十几年前的事啦。这么多年来农村发生了多么大的变化呀!生产队让位于"大承包",收割机取代了小镰刀,农民的粮食多得吃不了。但不管怎么变,人们对于丰收的喜悦之情是永远不会变的。

今天,我在这深山里手拿一个馍馍品味着丰收,忽然觉得,其实丰收无处不在。任何一块土地或者说任何一项事业,都不会亏待钟情于它、汗洒于它、信任于它的人。不是吗?用不了多久,那些散发着丰收喜悦、独特馨香的新麦馍馍就会走上我们的餐桌!

大马村纪事

一

我们村的名字很怪，叫大马村！邻村还有一个小马村，但是，这“二马”好像都和马没什么关系。起码，在我于此生活的十几年里没听说过什么与马有关的历史传奇。据说，这些地名都是当年杨家将干下的事情。

除大马村、小马村之外，附近的还有大紫草坞、小紫草坞（应该是草料场），稍远的还有拴马庄、亮马台、拒马河，等等，好像都与之有关。

杨家将在此地一阵拼杀之后留下了这些地名，便一头扎进历史，一直冲杀到20世纪80年代一个说书女人的嘴里，一时间刀光剑影，名满天下。之后，杳无声息。只可怜，剩下这大、小两匹马兀自在历史的荒烟蔓草中郁郁生长。

二

还别说，我上小学那会儿，村里真有一匹大红马。这匹马红缎色皮毛，膘肥体壮；“头至尾长有丈二，蹄至背高有八尺”，我对评书中赤兔马的想象都能在它身上得到验证。那年月还没有形象代言人一说，但大红马基本上就充当了我们村代言人这个角色。

饲养员老王喜对这匹马格外上心。马不食夜草不肥！老王喜就一夜一夜守在它身边喂草喂料。马嘴伸在槽里“吭吭吭”吃草料，老王喜就圪蹴在槽边抽着旱烟袋跟大红马说话（喂牲口的都跟牲畜说话）：“凡事儿你甭起急，甭使那么大劲儿，你是驾辕的，要知道爱惜自个儿！再说，头上还有那两个梢子呢！要不，要那两个畜生干啥使的？……你岁数也不小了，比不过那些个小年轻儿的……你甭看王鸿举的鞭子晃得厉害，他跟我说过，那鞭子不是打你的，是揍那两匹骡子的……”大红马低头吃着草，偶尔抬起头听一会儿，再心领神会地点一点头。

老王喜所说的王鸿举就是驾驶大红马的车把式。能驾上大红马驾辕的大车在当时是很有面子的，不亚于现在开奔驰、宝马。王鸿举相貌堂堂，披上大衣就是李玉和。王鸿举与大红马这一对组合堪称现代版的吕布与赤兔，为我们村争得了诸多荣誉。

那年头儿公社动不动就搞会战，这一对组合经常代表我们村出征。“扬鞭催马运军粮”，大红马披红挂绿每次都是头车，好生了得！

长大后，我时常瞎琢磨，从王鸿举与大红马的情谊看，套一句当下的时髦话：王鸿举不在大红马驾辕的车上，就在去看大红马的路上。深更半夜他与媳妇吵架拌嘴后摔门而出，家里孩子满世界找不到他，其实，他就蹲在马棚边与老王喜聊大红马的趣事呢。

记得当时村里还流行一句顺口溜："骡拉车，马驾辕，儿子赶车不要钱"，说的也是王鸿举。当年，在生产队赶大车与现在在机关开小汽车性质是一样的，都可以干点私活儿。"钱广赶大车时常干私活儿"，王鸿举也一样。给熟人拉白菜、运椽子、装土坯等，不过，他不要钱，只要黑豆、料豆、黄豆充当大红马的肥体"夜草"。特别说明的是，王鸿举在村里辈分小，到处呼叔喊爷，所以称其为"儿子"不算占他便宜。

可是，后来大红马死了，是人们有意杀死的。

因为忽然来了"四号病"，忽然检查出大红马是病毒携带者。于是，公社兽医站下来人要处死大红马。（一号病是天花，二号病是霍乱，这四号病是个啥病到今天我也没弄清楚。）

杀马的那天人不多，大家也不忍心看。（我当时作为红小兵大队长，因为要筹备第二天的"反击右倾翻案风"大会，没在现场）据目击者说，公社人用一个巨大的针管在大红马的脖子处（主动脉）打进去一管子氨水，之后，大红马显得异常兴奋，撒了个欢儿，鬃毛乱炸，踹跳咆哮，它还以为像往常那样可以上套驾辕呢。不料轰然倒地，它努力爬起，再倒地，再爬起，如是者三，便七窍流血而死。

…………

是村后鱼塘喂鱼的老李头在棒子地割青草时发现王鸿举的。那时他已哭得不省人事。背回家，放到炕上，一躺就是小半年。其间，他吃了不少小马村一代名医拐先生的中药……

现在想来，王鸿举与大红马的情感，除了人作为动物与动物之间某种神秘的相惜之情外，更多的是人们在马的身上寄托了太多的希望。

马，对于村民们来说就是一个虚幻的存在。大马村人都不懂马，王鸿举也不懂。他们欣赏不了马的奔突疾驰、飞速向前，缩写着身后的山川与草原。虽然王鸿举每日都对大红马洗、刷、饮、遛，但从未想过飞身上马去欢笑尖叫，放纵激荡的身躯，沸腾生活的热血。马，不属于大马村人。是的，这些草原上的精灵，一旦落入农耕人的手中都不可避免地遭受到生活的重压——驾辕、上套、拉车！（按照当年的落后理论："好马不拉车"如同"好男不入赘"，"上套"一词无论如何都不是个褒义词。）之后，被端坐车上的驾者驱赶着蠕动在苦涩黏稠的岁月里，马鞭的方向就是生活的方向。

大红马死后，村民在村北头挖了个大坑把它埋掉了。第二天，公社专项治理小组人员来村验收此事的时候，猛然发现那个埋马的大坑明显被人挖开了。

天啊,大马村出大事了!

三

检查组来到埋马的地方,看了看并没发现问题,正要离去,忽然看到坑边有许多鲜血的痕迹,立刻起了疑心。马虽是吐血而死,但是,拖到坑边的时候应该不会还在喷血。而且,即便是淌血也会滴在坑边的土堆上,随着填埋血迹会被清理干净的。现在坑边血迹很重,而且哩哩啦啦洒出很远。

检查组的人头皮发麻——出事了!

立即着人挖开,傻眼了!马的一条前腿已被人割掉。

随即,全村排查,没有发现情况;又到邻村查,也没有。后来有人说这是外面人干的。所谓外面人大概是指那些时常来村里卖豆腐丝儿的、泥人儿换破烂的、张蚂蚁箩的、补钢笼锅的……也有人说是村里边那帮知青干的。知青刘某平时就偷鸡摸狗,准是他们,他们连猫都吃。

最后,此事无果而终。

时隔多年,我一直纳闷儿:怎么会查不到呢?那是个往油锅里扔一只蚂蚱全村人都能闻到味儿的贫瘠岁月,吃肉,全村人会闻不到?

后来才听说,是公社革委会一位副主任叫停了此事。他对兽医站的专家说:“我倒不担心什么四号病、五号病,那个氨水没事儿吧?”专家说:“由马的主动脉注射,血液循环,腿部多少有点影响。不过,这东西碱性大,用水多洗几遍就没事了。嘿嘿,要是真有事儿的话,这会儿怕是早就撂倒几口子啦!”主任说:“唉!一年到头吃不上个肉,饿死胆小的!那么大的牲口就这么埋了,怪可惜了的。”

后来我又听说,此事是村北头的几家人合伙干的。他们连夜卸腿,连夜分割,连夜煮食,滴水不漏。

王鸿举听说这件事时,刚喝完一碗汤药,便又昏厥过去……

四

“大红马风波”总算过去了,接着“月饼事件”又上演了。大马村出的事大多与吃有关。大马村人是“脚从田垄过,口知青蛙鲜”。

转眼快到中秋了,这天李五与王四在场院里干活。该下工了,李五说:“八月节该吃月饼了。妈的,现在要是有月饼的话我能吃2斤!”

王四说:“吹牛!”

李五说:“不信?打赌!”

王四说:“打就打,你要能吃2斤,我再输给你2斤。你要吃不了,输给我5斤。”

“好啊,好啊!”

“快买,快买……”

一时间,一场院的人兴奋异常。

王四很快从小卖部赊来两斤顶部印有红圈的“自来红”月饼,一共10块。

李五一点儿都没含糊,一口气5块就吃下去了(前4块基本上是嚼都没嚼直接咽下去的)。吃第七块时,李五说:“牙不太好,能不能不吃里头的冰糖,硌牙。”王四说:“行。”吃第八块时,李五伸出的手青筋绷起;吃第九块时,他双眼充血;当他颤抖着将手伸向第十块时,全场鸦雀无声——人们害怕了,这是要出人命呀!

正在这时,一个女人哭喊着冲进人群,一把拽住李五,一脚将月饼踢出老远。大家定睛一看,是在后院给生产队喂猪的饲养员李玉琴——李五的二姑。

接着,李玉琴给王四跪下了……

五

2013年,我从新疆回到阔别近30年的故乡大马村。乡音已改鬓毛也“衰”了,可大马村却年轻了。当年老石匠罗振中所说的“大马村三件宝——蚊子叮、蛇蚤咬、晚上睡觉蛤蟆吵”的景象再也不见了,但见小楼林立,街道整齐,胡同规整,路灯辉煌。

王鸿举早就去世了,如今他的儿子当了大老板,每日开着宝马出出进进。李五与王四也老了，老哥俩儿每天坐在村口聊闲天儿。

“六环”穿村而过。说是“环线”，在地图上看果然像一个大圆环，但路经大马村的这一段，却笔直得像一把利剑将小村一切两段。连接村东西的是一架高大的立交桥。站在桥下，听着桥上呼啸而过的尖利车声，真切地感觉到环线有如一个硕大的时光磨轮在打磨着这个古老的小村庄。

从村委会提供的材料中了解到：截至2011年末，大马村有耕地面积950亩，菜园面积55亩，设施农业430亩，其中蔬菜大棚250间；建有1个养殖场，10家企业；人均住房面积60平方米；有幼儿园1所、数字影院4家，益民书屋1间，藏书4万余册；有全民健身体育设施1处。全村经济总收入6900万元，农民人均收入7548元。

大马村阔了！

王鸿举那种一心想通过牲畜的无朋巨力挣出一个好光景，以及村民偷食马肉和李五试图用赌博来赢得一顿美食的荒唐岁月，一去不复返了。

夕阳西下，伫立街头，在我泪光蒙眬的眼睛里，过去的一切正沿着西风古道渐行渐远，而未来的小村正如奔腾之马扬蹄而来……

第二辑　柔软时光

听鬼故事长大

鬼故事是农村孩子的童话。

一个在农村长大的孩子，心里不装几段能把人吓得心惊肉跳的鬼故事，是令人同情的。换言之，一个心里没“鬼”的农村孩子，要想在这个充满“鬼怪”的世界打拼，根本长不大。

是的！鬼，也是乡村沃土盛产出的除五谷杂粮之外的一种“农作物”！

我最反感某些“山寨农村”的作品：一提起乡村生活就“枯藤老树昏鸦，小桥流水人家”；一说起在乡村听故事就是“月亮在白莲花般的云朵里穿行”，我们坐在葡萄架下听奶奶讲牛郎织女的传说。搞得奶奶跟下放到农村的大学教授似的。哪有这么浪漫呀！这都是城里人对乡村生活的臆想。

我们跟城里孩子根本没法比，一个天上、一个地下。城里孩子那时也苦，但他们有小人书看，有报纸读，有“电匣子”听（里边有孙敬修爷爷讲故事),还有电影、话剧看。我们农村啥玩意儿都没有。村子里收音机很少,猴年马月有一场电影,还净是“跑片儿”。农村少年的文化生活主要靠这种“口头文学”——也就是听故事来解决。

大马村能讲童话、传奇和惊悚故事的人大致有这么几位。

梁东子,女,民办教师,能讲正宗童话故事《卖火柴的小女孩》《大灰狼与小黄帽》等。讲述地点:课堂。

姜志,退伍军人,见过点世面,主讲《一只绣花鞋》《绿色尸体》等。讲述地点:生产队的田间地头。

吕学义,老头儿,念过几天私塾,民办文化人,“文化大革命”“破四旧”专治对象,主讲《聊斋志异》。讲述地点:村里办红白喜事的人家。

梁东子的童话受欢迎程度一般。因为什么东西一进入课堂,就会变得枯燥无趣。村里孩子也不喜欢围着她听故事。一是找不到她,她那时可能忙于搞对象,一天除了上班,其余时间看不到人;二是谁没事儿喜欢往老师跟前凑呀。

姜志的传奇受欢迎程度强烈,因为故事生动曲折、惊心动魄。只是一般小孩子因为上课听不到。

吕学义的《聊斋志异》受欢迎程度强烈。因为能写一手好毛笔字,他经常受雇写花圈、挽联、挽幛、花幛等。农村的红事白事都可称为喜事,一旦谁家有事,一村人都跟过节似的欢天喜地。

往往在这种时刻，平时抬不起头的老吕便会德高望重起来。大家围着他听那些狐仙女鬼的故事，在没有电视的岁月里，还是很过瘾的。

以上这三位呢，是文化人，讲述的基本上都是文学作品，应该算是当时“乡村版《百家讲坛》”的坛主大腕儿。实话说，这三位的讲述对我没有多大影响。真正深刻影响到我，把我吓得灵魂出窍、屁滚尿流的是时常到我家串门、坐在炕头，住在村后头的王二奶奶。

王二奶奶的故事按时下话说叫原生态，接地气。

梁东子的童话，总是发生在很久很久以前的欧洲；姜志的传奇，总是发生在新中国成立前或者刚成立时的重庆、南京；吕学义的“聊斋”总是发生在古时候的山东、河南；而王二奶奶的鬼故事大都发生在前年冬天、去年夏天、昨儿晚上的村前、街后——有鼻子有眼儿，真事儿一般！

大家一定想听王二奶奶的故事吧，好的，那就讲上两段。

一

前年秋天，王二爷爷在村北头的一个被村人称作“大三尖”的地方看青（也叫“护秋”，防止有人偷庄稼）。毕竟是秋天了，天快亮“鬼龇牙”的时候，王二爷爷感到寒意难当，于是，找了些枯树枝、烂草棍炬起一堆火来。王二爷爷困意蒙眬地蹲在火旁伸出双手烤火取暖，烤着、烤着感觉不对劲儿，猛睁眼一看，我的天呀，火堆四周全是手，根本看不到人！王二爷爷以为自己眼花了，又使劲揉了揉眼，定了定神，一看还是这样，于是急忙扑灭火，回到家，蒙头大睡两天。

王二爷爷没敢对外人声张，因为他知道，闹日本那年，那地方死过很多人。

最后结论："大三尖"那地方——脏！

二

前儿黑夜，我到小马村"拐先生"（老中医）家看病，号完脉，抓了药，又说了会子话。回来时，走到东边儿那片杏树林，老觉得背后有人跟着我。果然，我一回头，看到树后面站着一个白影子，没有脑袋。我走它就走，我停它也停。最后，我把鞋脱了，倒穿着走，它跟不上了。

据王二奶奶介绍，她那天碰到的不是鬼，而是魔。因为那地界新中国成立前是专扔死孩子的地方。魔，就是那些东西历经风吹日晒、月照雨淋演化而出的。王二奶奶说："对付魔的办法就是倒穿鞋走路。"

我的妈呀！这是什么原理？遇到那东西，怕是正着穿鞋都跑不快，还倒穿着？

唉！这就是王二奶奶经常对我们讲的货真价实的、乡土气息浓郁的鬼故事，有点恐怖吧？要是在寒风呼啸的夜晚听才可怕呢。别看王二奶奶大字不识一个，但她年轻时喜欢看戏、听书，也学会了“使扣子”“抖包袱”这些演讲技巧。因此，讲起这些来起承转合均绘声绘色，极具杀伤力。

那年月，我们农村没有卫生间之说。晚上上厕所家家都拿一个砂盅子当尿盆，放到门口处。即便这样，我晚上想要小便都不敢下炕，而常常是直接在褥子上“画地图”。

还甭指望王二奶奶说这些故事能传播什么正能量，能道出什么因果报应的朴素真理，更别指望有什么“人鬼情未了”的绝世真情。没那回事儿！她与吕学义讲的《聊斋志异》还不同，虽然《聊斋志异》里边也有鬼，但是那些鬼都是高级的鬼、艺术的鬼、荣登文学殿堂的鬼，是吃商品粮的鬼，而王二奶奶讲的是我们乡村的土鬼。直说吧，它就是地地道道的封建迷信，它的作用就是吓人，使听故事的我们惊悚战栗。

在农村，一场大风能使村庄战栗，一瓶老酒能使男人战栗，一副宽广的胸膛能使女人战栗，而一个鬼故事则能使农村少年战栗。在那个愚钝麻木的岁月里，这种战栗尤为可贵。当然，王二奶奶也能从围听故事的孩子们的惊恐中获得敬畏、尊重与满足。

王二奶奶的讲述，给我打量大马村——这个贫瘠的小村庄提供了一个全新的视角。我甚至都能通过她的讲述绘制出“大马村鬼蜮地图”来。这使我敬畏地感觉到：乡村不光是活人的村庄，它还是已故先人的村庄。他们并未离我们远去,在另外一个世界里一定还有一个大马村存在。当然,如果非要拔高这些故事对我的影响的话,我只能说它壮了我的胆。就像《红灯记》中李玉和唱的那样:“临行喝妈一碗酒,浑身是胆雄赳赳!”心中有了王二奶奶的那些鬼垫底,我在往后的人生道路上无所畏惧。

多年以后,我移居新疆,后又到一个矿山工作。

那年秋天矿山发生一起重大安全事故——我的一个工友不慎掉进了400米深的竖井里,粉身碎骨,惨烈至极。尸体捡捞出来之后,在矿山医院进行了简单的缝合,勉强凑成一具全尸,被放到太平间里,等待家人来处理后事。

所谓太平间,不在医院里,而是在离矿区半公里左右戈壁荒滩上的一个小房子里。当晚安排守护人员。每组3人,分上下夜两个组。我当时是车间团支部书记,便主动要求参加值班,被排在上半夜。我们值班是在太平间外面搭的一顶小帐篷里。前半夜,我们吃肉喝酒。不承想,刚过午夜,其中一人腹痛难忍,我看他豆大的汗珠直淌,知道这不是装的,便赶紧安排另外一人陪伴他去医院。

他们一走,浓重的夜色和阵阵寒意便向我围裹过来。在这前不着村、后不着店的茫茫戈壁,我感到了极度的恐惧。

我恐惧那漆黑的夜色与无助的孤单,恐惧命运的无常与生命的短暂,恐惧前途的未卜与青春的易逝,但脑海中绝对没有鬼魂的观念。其间，我几次走进停尸房，去查看里面燃烧的蜡烛与香火。

死者比我大两岁，长得五大三粗。生前与我关系不错，一起吃饭玩牌。死时还欠着我400块钱(这在当年可是个数儿)。我与他无仇无怨，他吓唬我干啥！

特别让我至今都感到难受的是，他到死也没成个家，可能还是个童男子。

矿山男人找对象难，这是世人皆知的事。女工少，即便有，也轮不上他。只有一个办法——回老家去找。可双方不住在一起，也很难成功。

他好像谈过一两个，每次都全力投入，舍得花钱，好像最后这个他连未来小舅子的房子都帮着盖起来了。可就在出事的那天早上，听工友说，他收到一封信，信上说那姑娘找别人了。因此，他神情恍惚，上班时出事是难免的。

唉——人啊！

正在我惆怅之际，远处车灯晃动，接班的人来了。

几个人到来，弄清了就我一人看守后，大惊不已！不约而同地问我："你不害怕吗？"

"怕啥？"

"鬼呀！"

我淡然一笑："哪儿来的鬼？"

可与此同时，我在心里慨叹：这世间真正可怕的是人心中的"鬼"啊！

姥姥家唱大戏

一

“拉大锯、扯大锯，姥姥家唱大戏……”儿时的这首记事童谣带给我的除了甜蜜的回忆，更多的却是诸多的疑惑。

一、唱大戏这种事关乡村精神文明建设的活动，为什么总在姥姥家进行？

二、唱大戏这种文艺活动与拉大锯、扯大锯这一体力劳动之间有什么必然的联系？

三、唱大戏这首儿歌对儿童有什么教育意义？

《拉大锯》的童谣广泛流传于整个华北，而且还有许多版本。还是先说一首我记忆中的版本吧：

拉大锯，扯大锯，姥姥家唱大戏。

接闺女请女婿，小外孙子也要去。

不让去，叽里咕噜滚着去！

其他的版本前面几句都一样，只是后面稍有不同，大致有这么几种："接姑娘，请女婿，就是不让冬冬去。不让去，也得去，骑着小车赶上去"；"接姑娘，送女婿，小外孙也要去；姥姥不给饭吃，上房后吃巴巴蛋去"；"他妈不让去，嫌他太淘气。姥姥家不给饭吃，舅舅给杀个大公鸡，蒸也蒸不熟，煮也煮不烂，急得外甥直打转"；等等。基本一眼可以看出，这是一首由娘家人出品的作品。

这样的歌谣，可以是妈妈说、姥姥说、舅舅说、姨姨说，绝对不会由爸爸说、奶奶说、叔叔说、姑姑说，因为这会很扫婆家人的面子。

二

这是一首有行为动作，有情节发展，有词法比兴，合辙押韵、朗朗上口、富于音乐感的童谣精品，流行面之广仅次于那首"小小子坐门墩儿，哭着喊着要媳妇儿"。

想象一下：妈妈盘腿坐在炕头上，小宝贝坐在对面。温暖的阳光洒进房间，妈妈用双手拉住孩子的小手进行"拉大锯"的游戏。一边拉来，一边送去，一边口中振振有词地唱着歌谣。特别是到最后一句"叽里咕噜滚着去"，妈妈很可能将小家伙向后推去，最好让他打个滚儿，"咯咯咯"的笑声似春风、如春水一般，温柔拂面，沁润心田。妈妈们也在这种有意无意的游戏间，完成了对儿童的"母性教育"。

每一代人都有自己的童谣，每一段童谣都充满了美好的童趣，不论内容是否有教育意义，都会带给人们童年的回忆。可以说，孩子们都是伴着童谣长大的，没有童谣就没有童年！

话虽这么说，但是具体到这首“拉大锯”，怕是“当事人”——小婴儿还懵懂无知。因为这是一首配合对孩子进行坐卧练习而研发的歌谣。按照老话说，孩子“三翻六坐七滚八爬十二走”每一个环节都很关键。在训练孩子视、听、触、味、平衡感时，再配以动听的歌谣，即可完成对孩子的身体及心灵的抚触按摩。妈妈们也就会抓住这一难得的时机“乘虚而入”，不管此时的孩子听得懂听不懂。

针对这一现状，眼里不揉沙子的婆家人是不会善罢甘休的。当孩子初萌人事时，婆家人打响了“自卫反击战”。一首“男性教育歌”横空出世：

小小子儿，坐门墩儿，哭着喊着要媳妇儿。

要媳妇儿干吗？做鞋做袜儿，点灯说话儿，

吹灯就伴儿，早上起来梳小辫儿。

这种“赤裸裸地教唆”说到底，在警告孩子（特别是男孩子），去姥姥家看看戏是可以的，但是别忘了为奶奶家传宗接代的使命。

三

掰扯完这首儿歌的“社会文化背景”之后，我们来说说拉大锯与唱大戏。

拉大锯这种活计在电气化的今天怕是早已消失了吧？在当年的大马村还是可以时常见到的。特别是村里的老人突然去世，家里又没准备好棺木时，只好现伐木，现破板材，现打棺材，这在当年的农村有个专用名词叫“赶热活”！

赶热活中最苦最累的环节就是破板材。因为树是现伐的，湿重凝涩，根本拉不开锯。所以，必须两个人把木头架起来，呈高射炮状，一人在上、一人在下，依照画好的墨线使劲拉动大锯才行。每次施工周边都要围观很多人，就跟看戏一样。可这种活计所受的罪不是一般人能承受的。为此，村民们还特制了一则谜语：“两人面对面，光着膀子干，为了一条缝，累了一身汗”。

至于唱大戏，那可就热闹多了。

秋忙过去了，麦子也种上了，地里的活茬儿就少了，人们闲下来了。地光场净的时节，农人们的心里就会荒草丛生。烧掉这些“草”，要么用酒，要么就用比酒还要浓烈、还容易上头的庙会，而唱戏永远是庙会的主角！

每年的农历九月二十八庙会，照例由村里主事的张罗。到县上请上一台戏班子，连唱3天，为的是聚人气，提心气儿，让荒无人烟、蔓草丛生的心灵得到慰藉。村里家家户户接闺女、请女婿，三姑六舅也都跟着欢天喜地串亲戚，总要来来回回地闹上两三天方才停歇。

请注意：每回唱大戏庄户人家都要接闺女、请女婿。由此，我们也就明白了:并不是姥姥家总唱大戏,而是奶奶家也在唱,只是看待这事的角度不同罢了。

大马村人常把看戏叫作听戏。地处京西南农村的我们并不喜欢高雅的京剧,也不太听得惯高亢激昂的河北梆子,我们村里的人都喜欢听评剧(也叫评戏)。

评剧发源于京东唐山一带,特点是念白和唱词口语化,非常容易听懂,因此很受村民们的欢迎。

比如,同样说天黑这件事。京剧《贵妃醉酒》里唱:"海岛冰轮初转腾,见玉兔又早东升。那冰轮离海岛,乾坤分外明。"——好一通折腾。到了评戏里就简单多了:"鸟入林,鸡上窝,黑了天……"

评戏有许多小戏很有意思,如《小女婿》《小借年》《小姑贤》等,这都是些开场小戏,用来热场。既然花钱唱大戏就要唱"大轴"的——《刘巧儿》《花为媒》《秦香莲》《棒打无情郎》(也叫《金玉奴》)等。这些戏要么歌颂自由恋爱、美好婚姻,要么鞭挞忘恩负义、喜新厌旧。所以,姥姥接闺女、请女婿的用意昭然若揭。

当然啦,一台搭在村子里的大戏,能使多少看戏的年轻人芳心暗许、借戏传情,这得专章论述了。

忽然想起,内地一个发了财的朋友回报家乡,为家乡建了座小剧院,可以观影、唱戏、打台球,让我给起个名字。

我想都没想就说:"叫姥姥家剧院吧!"

他问:“为啥?”

我说:“姥姥家唱大戏呀!”

半瓶子醋瞎晃荡

话说有一天，老婆忽然问我：“如果当年你不来新疆，那么这会儿你在老家会干些什么？”

我极认真地想了想说：“有几种可能。第一，如果当年在学校能够好好学习，不是一天到晚忙着给女同学写小纸条儿，我可能会考个师范什么的，混个教师干干。”

“别给鼻子上脸，严肃点！”

见她动了气，我只好一本正经地冥思苦想。

说真的，我还真没好好地想过这个问题。

第二种可能：以我对当年老家年轻人就业方向的观察，我可能会学个手艺，做个手艺人。瓦匠？木匠？我身体单薄，可能会学木匠。

支撑我这个判断的参考是我的堂弟。他曾是我的同班同学，当他上到还差一年就初中毕业的时候，就退学去学手艺了。

木匠！

我不是在讲一个失学少年的悲惨故事。就20世纪80年代我们那所乡村中学来说，没有好师资，更没好学风，所以毕不毕业无所谓。早早学点手艺，养家糊口，挺好！（真的，我们初中一毕业，上边就把那所学校撤了。）

我堂弟学木匠拜的是我们那一带赫赫有名的木匠名家周瘸子为师。

木匠讲究四大功课——锛、刨、斧、锯。周瘸子有两手绝活：一是锛子功，二是斧子功。

木匠的锛子跟铁镐差不多，只不过锛子头磨得雪亮，快得能刮胡子。在农村干木匠活必须会要锛子，因为农村的木料全是圆树干，先用锛子把圆树干砍出一个平面，然后才能画线锯板子。

要锛子是个稳、准、狠的技术活，锛子砍深了浪费木材，人家不干；砍浅了容易伤着自己的腿和脚，没有多年的功夫学不会这门手艺。

周瘸子的绝活是：脱光了脚，用脚拇指压住一颗葵花籽，然后，把锛子抡过头顶准确地劈开瓜子皮而不会伤一点儿脚趾。为了练这一手，他砍伤了脚脖子，留下了“瘸子”的诨名。

二是斧子功。倒不是用斧子劈东西，而是将一块手表放在桌面上，上面盖上一张薄纸，往斧子的方头儿上吐一口唾沫，之后抡圆了砸向手表。讲究的是斧子仅把纸黏起来，而手表面上不受伤。开玩笑,那年头,一块手表能换一个媳妇呢。没两下子真功夫,不敢玩这个。

我堂弟没得到周瘸子真传,只是由大师兄带着到处跑。那时,农村活儿很多,盖房子、打家具、赶热活。

赶热活就是赶急活。谁家老人突然去世,如果没有棺材,也没有现成的板材,就只能现伐树,现破板,现组装。"三长两短"当天完工。("三长两短"指的就是棺材。)

我说的这些都是听堂弟告诉给我的。他那时当学徒,每天甭管多晚回来都要到我家和我说会儿话,讲一讲一天的心得和哀伤。

学徒苦啊!"三年零一节"方能出师。这期间,没工资,吃不饱,睡不好,每到年节,还要好烟、好茶、好酒孝敬师傅。

有一天晚上,他到我家,我看他老是捂着右手。我问:"受伤了?"

他眼含泪花点点头,伸出右手一看,手背红肿。我问:"怎么回事儿?"

他说:"晚上吃饭,饿极了,筷子伸到别人跟前的盘子里去了,被师兄用筷子抽的。"

那会儿,当学徒吃饭只能吃自己眼前的菜,这是规矩!而且,眼睛要时刻盯着师傅和师兄们的饭碗,以便随时给他们添饭。常常是好不容易轮到自己吃口饭了,师傅却吃饱撂了筷子,这时自己说什么也不能再端碗了。

堂弟时常挨师兄的打。时间一长他就生出退学之意，不干了！

我和我妈就赶紧劝他要坚持住。我妈说："你上学就上出个半瓶醋，现在学徒再学出个二把刀，可怎么好？名声坏了，将来媳妇都不好找。"

"半瓶子醋瞎晃荡"，这是我小时常听的话。老师批评学习不好的学生，师傅责骂学艺不精的徒弟，都用这句。而民间对于这二者更是发明了专用名词——二把刀，嘲讽那些知识不足、技术不高的人。

周瘸子当年还不是为了混成"一瓶醋""一把刀"而苦练致残的吗?!

唉！说这些都是30多年前的事了。

如今，随着时代的高速发展，对这句话也提出了挑战。难道干什么都必须学好、学精，学得一瓶子醋满满的吗？就不能边干边学，半瓶子醋慢慢晃荡吗？

年前我回老家探亲，见到了堂弟。这家伙如今可不得了了。

大奔驰、大工厂、大豪宅、大胖子——他发福了。

我说："行啊！如今徒子徒孙满世界了吧？看把你养的。"

他一脸不屑地说："这年头谁还拜师学徒啊？"

我说："你家具厂的那些个人，不是你徒弟？"

他哈哈一乐："……不像我学徒那会儿了，现在都是'床子活'

(行话:流水线作业,机床控制)啦！工人也都是十里八村现招的。”

世易时移！回老家看到的景象对我更是有很大的触动:

以前连自行车都不会骑的人现在北京城里跑出租;

以前连饭都做不好的人现在开饭店;

我堂嫂初中毕业,一个地道农村老娘们儿,现在社区里当电脑辅导员……

“不会,就慢慢干、慢慢学呗!”这是他们对我的疑问给出的共同答复。

综上所述,对于“半瓶子醋瞎晃荡”这句老话我有了新的认识:

瓶中没醋,没得晃荡;

醋太少,晃荡不出来;

醋太满,晃荡不开;

半瓶醋刚好！但是,要记住:晃荡出多少,您得赶紧补进去多少!

别拿白薯不当干粮

一

潘长江主演过一部电视剧叫《别拿豆包不当干粮》,戏还说得过去,但是很反感这个剧名。

豆包——皮儿是面,馅儿是豆儿,从里到外都是正儿八经的粮食,怎么就不能当干粮?

后来弄清楚了,所谓“豆包”,就是东北那疙瘩对一些个头不高、气量不宏的男人的特殊称谓——小豆包儿嘛！意思是:别拿这些小男人不当回事儿。

看到这句话,也不由得想起我们大马村当年流行的一句与此类似的话:别拿白薯不当干粮!

比较之下,我觉得我们这句话更靠谱。因为白薯也叫地瓜。所谓“瓜菜半年粮”,拿白薯当干粮,属于标准的“瓜菜代”。

此外,我们这句话也有所指。

在大马村,我们管那些个头高大、性格木讷、行动迟缓的人叫作“面瓜”或者“大白薯”。此话的意思是说:别拿这些人不当顶梁柱。

二

白薯到底能不能当干粮?你说了不算,我说了也不算,到底谁说了算?

我妈!

我常与80岁的老妈聊起当年生产队时的艰苦岁月,我妈聊着聊着就会聊到白薯上。在当年的农村有一种叫“白薯命”的说法,形容农民的困境,恐怕说的就是这。

我问:“三年自然灾害时你们都吃什么?”

我妈:“白薯干子、白薯秧子、玉米皮子、棒子瓤子。”

“当年修水库你们带什么干粮?”

我妈:“蒸白薯,白薯干面窝头。”

“吃食堂时,生产队怎么控制社员的饭食定量?”

我妈:“吃面条,一人一剂儿面,不够吃白薯。”

“白薯就那么好吃?”

我妈:“你没那口福。白薯干上碾子压碎,过细箩,掺上榆树皮、细箩棒子面、荞麦面,压饸饹,做板儿条,捻猫耳朵……鸡蛋打卤,嘿!那叫一个香。”

漏粉条儿,将生白薯切成片,放到大盆里用水泡,放一段时间等“出团”；再控出水，盆底就是白白的粉浆；晒干后，就是团粉（淀粉）。秋后，水瓢钻细眼儿、开方孔，用它漏粉条——细粉、宽粉。过年时做猪肉炖粉条，小火慢炖，香味飘出，一条街都能闻到。现在超市的粉条，那也叫红薯粉条？刚下锅就成了糊糊，哈哈哈……

炉白薯，不是现在街头那种由汽油桶改装而成的烤白薯，而是在紧挨土炕的、被叫作“地蹦子”的炉子上烤出来的——沿炉口把洗干净的白薯码成高高的一圈，再扣上一口大号铁锅，这样炉出来的白薯，因密封性好，饱含炉香。或者，烧炕时往灰烬中扔进去几块白薯，单等明早起床，翻身、探掌、扒灰、取薯、剥皮、爽口！

说句山东话——恣儿！

三

白薯原产地为南美的墨西哥、哥伦比亚等地，明朝时从菲律宾等地传入中国，有诗为证：“吕宋始发成万历，生烹炸煮烤俱佳。”——正宗舶来品。

别看玩足球咱干不过南美，但弄地瓜咱可称得上顶呱呱！

这东西一个地方一个叫法：上海叫山芋，河南叫红薯，东北叫地瓜，湖北、湖南那边叫红苕，北京叫白薯，可见其分布之广。

“别拿白薯不当干粮”，这话也适用于它自身。它是农家的保命粮，经过几百年的修炼，其耐旱、高产、不忌重茬，“命贱责重”，是其区别于他种作物的显著特征。

它虽是一季作物，但生命过程贯穿全年。

1月，秋贮白薯，在井里窖里睡觉。

2月，噼啪的炮仗声将它惊醒，春节来了。走出窖井，舍身赴宴，做一道拔丝白薯。

3月，薯妈妈要生娃。先备产房——建白薯炕。高粱秆儿搭床，马粪铺炕。块块种薯入肥中，边边沿沿溅到水。苫上苇席像纱巾，天天加火要小心。温度低，误事；过烫，种薯熟了。躺在热烘烘的炕上，薯妈妈别提多舒服啦！

4月、5月，拔薯秧，栽白薯。清晨傍晚，拔得薯秧，百十棵为一捆儿，放入水盆或戳在凉地，铺着清水浸过的麻袋。栽白薯靠合作，挑水、挖坑、栽秧，你奔我忙，心气一致。

6月、7月，农活忙得追屁股，一项项跟趟儿来。种玉米、耩芝麻、割麦子、耪谷子、拾掇蔬菜。白薯们好管理，除除草，翻翻秧，不打药，不追肥，薯田一派好风光。

8月、9月，依然翻秧。右的甩左边，左的甩右边。9月天转凉，薯块"大"变样。垄上靠近薯根处常见裂口子，是薯块撑开的。

10月，寒露节刨白薯。几个程序：割藤、刨掘、运输、贮藏。刨白薯标准动作，一棵白薯三次镐。左侧右侧使劲儿掏，露出薯块莫急招，三镐兜底要坚决，整坨儿薯块出来了。

收贮白薯讲究多，清理窖底码平搁。白薯入了窖，人松一口气，大半年的希望搁在了井里。

11月，晾晒白薯干，擦丝，瓦（wà）“团粉”（淀粉），后续“漏粉条”。

12月，白薯睡大觉，人眼来年翘。白薯大丰收，荒年心不跳。

四

我们村的孙贵良（化名）因身材高大、性格愚钝、一身蛮力、别无长处，被称作“大白薯”。

那年，他在长辛店的一个火车站货场扛大个儿。当时社会风气很乱，常有小流氓过去骚扰他们。后来才弄清楚这些人是与他们争工饯行的人雇的。包工头很是烦恼，也很怕这些人，无计可施。

那年冬天的中午，他们正在工棚里午休。帐篷里很温暖，一个小煤火炉火苗很旺。火炉中插着许多细铁条，烧得通红，这是用来通被冰封的车厢把手的。

正此时，一伙小流氓进来了。一个个敞着胸裸着怀，都文着青龙白虎，很是瘆人。

包工头缩着头不敢说话，大白薯正卷着黄花烟，紧张得不敢正视那些人。

烟卷好，找不到火柴，就叼在嘴上。

一个小流氓看到他就问：“抽烟没火是吧？”

大白薯一哆嗦说：“有！有！”鬼使神差地站起身，来到火炉旁,伸手抽出一根通红的铁条,镇静地点了烟。手被烫得滋啦作响、滴答掉油,一帐篷人都大惊失色。

那群人见此景并未作声,转身离去,从此安然。

这一下子,孙贵良出名了。人们问他为啥这么勇敢,他支支吾吾地说不清楚。反正,当时一紧张就这么干了。

他的手,因为老茧很厚并未受多大的伤。到小马村老中医“拐先生”那里抹了点獾油,很快就没事了。

他的事成了人们茶余饭后的谈资。说到他,人们往往在最后都要找补一句:“别拿白薯不当干粮!”

你若安好　那还了得

许多人把童年的记忆称作“灵魂的细软”。我的细软里，总有一些粗硬的东西，支支棱棱的，拔又拔不掉，捡又捡不出，抚又抚不平。有时在睡梦中被它硌醒，有时在欢愉中被它刺痛。我也时常埋怨自己的小心眼儿，该放下的总放不下。后来看到许多名作家对待这些小事态度也都如此。

女作家李娟有篇小文叫作《针尖大的事情》，讲的是她当年打工时遭遇到的一些很小但很恶心的事。这些事，很小，像针尖一样大小。李娟说：“正因为它们像针尖儿，所以扎起来格外疼。”

我的这些“针尖儿”都是些什么呢？待我慢慢讲来吧。

一

上小学一年级时，同学老疙瘩的大姐结婚，一时间他成了暴发户——拥有了半书包糖果。

他很大方，同学中玩得好的，人人有份。我和他关系一般，却意外地分到5块牛奶糖。

后来，不知道因为什么，我和他闹掰了。他就让我归还他那5块糖，每天上学说，放学要，课间逼，路上截，弄得我没处躲没处藏，狼狈不堪。被逼无奈，我只好启动了偿还外债的计划。

那时，一块水果糖1分钱，牛奶糖怕是得2分钱，5块就得1毛钱。天啊，我上哪弄这笔“巨款”去？

当时一个小孩子的筹款途径无外乎3个：跟家长要，偷鸡蛋卖钱，卖破烂儿换钱。第一条就别想了，第二条更难。那时，我们家的“GDP”就是鸡的屁股（在这一点上，我妈比达康书记还严厉）。因此，家里那几只育龄下蛋的老母鸡被我妈看得严严实实。所以，在鸡蛋管理上怕是动不了什么心思。

对内挖潜无果，我只好对外开源了。我来到我们村的知青点。

知青点由两排低矮的土房子组成，院子里时常挂着破破烂烂的衣衫，远看就像个难民点。但是这里往往有惊喜。破鞋烂脸盆，旧书旧饭盒——如果能走大运捡到一只铝饭盒那就发了，铝要比铁值钱多了。当时，全村只有知青们用铝饭盒吃饭。

可是，我转了一圈一无所获，知青们比我想象的穷得多。

此时，正值盛夏的中午，知了声叫得人心烦无比。我坐在知青宿舍后面的阴凉处垂头丧气。这时，一阵浓重的鼾声把我惊醒。一回头，我才发现鼾声是从背后知青宿舍大开的后窗里飘出的。

我站起身往里探望。宿舍里架满了床，都挂着蚊帐，看不到人。而里边的窗台上一大排刷牙缸子出现在我的眼前，天啊！惊喜出现了。

每只缸子里都有一管大号铅皮中华牙膏。牙膏皮很值钱呀，每只合人民币4分钱——我发财了！

最终，我把那五六管牙膏都挤到一个缸子里，满满的，颤巍巍的，又被我放回到窗台上。

这笔盗窃来的不义之财，不仅使我还清了外债，还买了一块心仪已久、散发着水果糖香味的香橡皮，一本图画本，一盒蜡笔和一根小豆冰棍儿。但我的心一直高兴不起来，这毕竟是我平生第一次做贼，是老疙瘩逼的。

可是，我不恨老疙瘩，我恨那个贫穷的童年！

二

上中学那会儿，班里有个好孩子。所谓“好孩子”，就是学习好；所谓“学习好”，就是数学学得好，而并非德智体全面发展（“学好数理化，走遍天下都不怕”是这个好孩子的口头禅，我也真领教过她所谓的“不怕”）。像我这种数学常不及格、作文时常满分的学生从未算作好学生。这种情况，别说30年前了，就是30年后的今天，仍然一个德行，毫无改观。因为我的儿子正在走我的老路。

好了，咱今天不说这个。

话说那年夏天的一个下午，我做完值日放学回家。此时，整个校园静静的没什么人了。走到校门口，我突感口干舌燥，就来到大门口卖冰棍儿的老太太那里，走近前才发现，那个好孩子也在。

她先要了一根冰糕，之后说："冰糕1毛一根，冰棍儿5分一根儿，我用冰糕换2根冰棍儿行吗？"

老太太说："行啊。"就给她调换了。

好孩子接过冰棍儿就走，老太太一把拉住她说："你还没给钱呢？"

好孩子一脸疑惑地问："什么钱？"

老太太："冰棍儿钱哪。"

好孩子："这是用冰糕换的呀？"

老太太："可冰糕你没给钱呀！"

好孩子："冰糕我根本就没吃呀？"

老太太和我都懵了！

好孩子一手一根冰棍儿，甩哒甩哒走了。

三

刚参加工作时，我看什么都新鲜。这就算是走上社会了吧，进入到更大的林子，能见到更多的鸟，兴奋无比。

那时，我们都吃大食堂。在大食堂吃饭，就是一个窗口打饭，之后坐在食堂大厅里吃。这些看似随意的行为，其实也有很多章法可循。有人习惯坐某个位置，一旦被人占了就很不自在；有人习惯和某些人一起吃，一旦那些人没来就索然无味。这都是人之常情，无可厚非。

我经常和几个刚分来的大学生一起吃饭。近朱者赤，受益匪浅。比如，在公司政工科工作的那个，永远衣冠楚楚——“头可断，头发一丝不能乱；血可流，皮鞋不能不擦油”，出口成章，头头是道；吃饭从不浪费，吃多少打多少；吃米饭，必一粒不剩，掉到桌上的也要一粒粒捡拾干净；常常是在众人的侧目中，道一声：“粒粒皆辛苦，家训，家训，习惯了！”

可半年后的一天，晚饭时，他可能加班，来得有点晚。食堂那天吃拌面，异常难吃——面拉得像门闩，菜炒得像水煮（一二百人吃面，质量难保）。我因心里老是念叨“粒粒皆辛苦”，不敢浪费，奋力进食。这位仁兄也打了面，可只挑了一筷子，就立即端起倒进旁边的泔水桶里。我大吃一惊，惶然发问：“粒粒皆辛苦呀！”

他嘴一撇说道：“这又不是米饭，哪来的粒粒？”

四

工作两年之后，我被调到机关政工科工作。对，就是和那位“粒粒辛苦，面面俱‘倒’”的主儿一个科室。这次引起我注意的不是他，而是我们科室的同事、有着“厂花”之称的芳芳。其实也不是芳芳，而是隔壁财务科的一位正在追求芳芳的“小分头儿”。

芳芳很烦这个“小分头儿”，说他小里小气，不像个男人。我还时常劝芳芳，眼光别太高，人家毕竟是研究生毕业。那年头这种人和外星人差不多。仙女配外星人，般配！可后来发生的一件事堵了我的嘴。

那年正流行“随身听”，芳芳托人在首府买来一个。货刚送到，正赶上“小分头儿”也在，就张口借听，芳芳无奈只好应允。谁知一借半个月毫无归还之意。无奈，芳芳敲他宿舍门当面索回。不想当天晚上，他又去敲芳芳宿舍的门说：“哦，我忘了，随身听里刚换了4节新电池，还我吧！”

五

我工作的第十个年头，换单位了。我一点儿没有奔赴新岗位、新征程的拼搏冲动，倒是满怀或许能遇上“新奇葩”的阴暗期许。

新单位，人少，事少，纠纷少，同事关系也很单纯，没有我所期许的猥琐之人。正当我为自己的卑劣思想无地自容之时，那人出现了。

那年大年三十晚上，我陪局领导慰问单位奋战在一线的一名职工。寒暄，握手，照相，送上慰问品。办公室主任说：“领导体会到你的辛苦，时值佳节不能与家人团聚，特地购买了香烟、水果、饮料、糕点等200多元的慰问品慰劳你。”

此时，《难忘今宵》的乐曲回荡在大厅，好一派温馨。

结果，第二天上午，单位会计给我打电话说，那位职工给她打电话，说他到超市查了，昨天的礼品根本就不到200元，也就一百五六，看看能不能把差额补给他。

我去——！

我对上述事实供认不讳，全是我亲身经历。其实还有很多，不想说了，恶心！

实话说，对于这些事我真不知该说些什么好。后来，看到鲁迅有一段话颇受启发，不长，实录于此。

“记得欧洲人临死时，往往有一种仪式，是请别人宽恕，自己也宽恕了别人。我的怨敌可谓多矣，倘有新式的人问起我来，怎么回答呢？我想了一想，决定的是：让他们怨恨去，我一个也都不宽恕。”

对呀，对这些恶心了我大半生的人，我也想说一句：“不宽恕你们。”可又一想，鲁迅这是假想弥留之际对人生的交代。有谓：“人之将死，其言也善。”说再狠的话别人都能理解。而我目前正活在兴头上，尚没有辞世的打算。再说，我哪能与鲁迅这位文学泰斗比呀！

但也不能就这么算了。

鲁迅那会儿的中国是学欧洲，我们现在是学港台。时常见有些人动不动就假惺惺地说：我只要你开心，愿大家都开心、幸福；也有风雅之人常把林徽因那句“你若安好，便是晴天”挂在嘴边。因此，对于那些王八蛋，我也想仿冒一句：“你若安好，那还了得！”

我妈叫我回家吃饭去

一

我妈叫我回家吃饭去!

这句话,不敢说全天下的孩子耳熟能详,起码中国的孩子都很熟悉。只不过因南北方言差异,或许被称为:俺娘、俺爹、俺大、俺爷等叫法不同罢了。其实,意思都是一样的——家在召唤你!

小的时候,这句话是拒绝各种诱惑、叫停一切行动、终止疯狂游戏的"神语"——它可以使一场上树偷袭老鸹窝的行动变成半途而废,可以使正在找妈妈的小蝌蚪继续寻母之旅,可以让为女孩子高举皮筋儿的双手突然放下……我不玩了,我不跟你们玩了,我不去了,我不参加了……用不着内疚歉意,不必另找理由,做出这一切举动只需一句话——我妈叫我回家吃饭去,大家都能理解!

这句话的威力有那么邪乎吗?

有!

现在打量这句话,其实有多重深意:

第一是吃饭。在那个见面打招呼都问“吃了吗”的年代,一顿饭的意义如果还在这里深究,那真是吃饱了撑的。

第二是回家吃饭。家里的饭是最轻松、惬意、安稳的饭。不必正视繁文缛节的规矩,无须面对生冷油腻的面孔。“好吃不过饺子,舒服不过倒着。”你完全可以一边倒着,一边吃饺子。在家,才叫吃饭;在外,那叫混饭。

第三是妈妈做的饭。天啊,这可了不得呀。世间最好吃的饭就是妈妈做的饭呀!为啥好吃?“食材”难找啊!——那是用心、用爱做成的呀!

第四也是这句话中最关键的——妈妈在喊我!

母亲的呼唤,是家的呼唤,是爱的呼唤。

前年,我随央视摄制组赴南疆拍纪录片。在南疆农村,见到许多维吾尔族小姑娘的眉毛都被妈妈用奥斯曼草汁涂抹成黑黑的、粗粗的一道。

我知道这个风俗,也知道奥斯曼草被称作“眉毛的粮食”,有促进眉毛生长的神奇功效。但弄不清楚,为什么画眉毛不分开画,为什么要连到一起画,远看像条大虫子趴在脸上,多难看。

后经了解才知原因,令人十分感动。

据当地的说法:眼眉之间的距离决定着女儿出嫁离母亲距离的远近。女儿终归是要嫁出门的。但每一位慈祥的妈妈都希望女儿离自己近近的。嫁的地方，按翻译的原话说就是："喊一嗓子就能听到。"

妈妈在喊我，是心的呼唤，是灵魂的呼唤！

最近，看热播剧《人民的名义》，当那个巨贪小官赵德汉面对一屋子钱放声大哭，大喊："我是农民的儿子呀！"检察官说："你不配做农民的儿子，中国农民怎么这么倒霉，有你这样的坏儿子。"我想起了"群众路线活动"时，我曾设想过一个"四个不忘"实践载体的方案——不忘本、不忘恩、不忘责、不忘志。

不忘本——就是说家史。不忘自己的出身。可以痛说革命家史、可以讲述苦难童年。(这里，我的一个"险恶"用意就是：与其犯事时都说这个话，还不如趁着没变坏，把该说清的说清楚。别等出事了，才说自己出身很苦、家境贫寒等，放马后炮。)

不忘恩——就是述党恩。不忘自己是怎么成长起来的。可以述说组织栽培，可以讲明群众拥举。

不忘责——就是讲职责。不忘自己身上肩负的责任。可以阐述宏伟构想，可以描述美好蓝图。

不忘志——就是宣誓词。不忘自己的革命志向。可以重温铮铮誓言，可以回顾勇志初心。

妈妈在喊我，是灵魂的回归，是力量的源泉！

记得多年前，也就是"八项规定"之前吧。单位接待应酬格外多，推又推不掉。那时讲究一句话：接待也是生产力。大会小会做动员,人人肩上有责任。

一次,一个星期里我连陪了3天客人。周末那天,办公室主任又安排我去。

我说:“不想去了!”

他说:“总得有个说法吧,要不领导那不好交代。”

我略一沉思,随口说出:

“我妈叫我回家吃饭去,行吗?”

内心的平安那才是永远

下班啦,大家纷纷离去。坐在对面的小路一脸忧郁的样子引起了我的注意。

这家伙前些日子忙着装修房子,净早退。今天这是咋啦?

见我一脸的疑惑,他伤感地说:“昨天收到山东老家的电话,老爹怕是快不行了,我大哥问我能不能回去?”

我说:“你是怎么打算的?”

他说:“其实,我的情况你也知道一些,刚贷款买了房子,媳妇又要考研,真是捉襟见肘了……再者,我去年秋天刚回去探过亲。我爹常年卧床,他可能知道自己日子不多了,在我回疆的前一天拉着我的手跟我说:‘到了那天,你别回来了。耽误工作不说,还糟蹋钱!’……今年春节我寄了一些钱……现在……这可咋办哪?”小路的眼里闪动着泪花。

我一时也迷茫了。这是没碰到过的事,该怎么回答?

办公室陷入死一般的寂静。

好久，我才缓过神来说：“其实，人是很自私的动物。别误会，这个自私是加引号的。我是说，人活着归根到底就是为了自己的一颗心。说白了，就是人对自己一生所做的事啥时想起来都不闹心，都问心无愧，都心安理得，这样就好。你的这个事儿其实也一样。我不想对你说什么你爹养你一辈子，临到头你要知恩尽孝。还是从你的内心说起吧，你的内心是否能够得到安宁，关键取决于你对未来生活的态度。”

小路一脸茫然地看着我，可能被我的话说糊涂了。

我给他倒了杯水接着说：“这很好理解，如果你对未来生活不抱什么过高愿望，那就好办了。这样，你完全可以选择不回。因为那时你会有无数个理由原谅自己，求得内心平安。比如说：我自家都顾不过来，都吃了上顿没下顿，哪还有能力尽孝啊！可是，从你现在的情形看，不是这样。你对生活有着更高、更美的追求。你在八道巷的老房子，虽然小点，但也不错了。可你去年又不惜贷款买了套大房子，你的爱人又要考研等，这些都说明你在走上坡路。我就是怕，如果这次不回，这个遗憾会伴随你一生。而且，你今后生活得越好就会越痛苦！”

听了我的话，第二天，小路向领导递了请假报告，又从同事和我这儿借了一些钱，走了。

我其实不太会劝解人。我对小路所说的都是源于我的亲身经历。

我亲眼见证了我父亲在晚年时候的内心纠结。

可能现在生活好了，这使得我父亲对遗落在生命中的那些个遗憾痛苦异常。

得到一种好药，他会说："当年要是有这个药，你奶奶死不了。"

买个理疗仪，他会说："你爷爷要是有这个玩意儿，腿不至于动不了。"

甚至于面对丰盛的每日三餐，他都会说："二老要是能活到今天该多好呀！"

这些话在他年轻时，或者说，在我们一家还在温饱线上挣扎的时候，我从未听父亲说起过。

我不认为这是一种老年人的怀旧情绪，而是理解为这是源自老年人内心深处对宁静心灵的呼唤！

非常喜欢一首电视剧的插曲，这首歌，听着好像是说爱情的，其实是说人生的。歌词是这么写的："爱是一个长久的诺言，平淡的故事要用一生讲完。光阴的眼中你我只是一段插曲，当明天成为昨天，昨天成为记忆的片段，内心的平安那才是永远！"

…………

10天后，小路回来了。左臂上挂着"孝"字，人也瘦了一圈。大家围上去向他问候。当我们双手相握，他对我说："见着了，笑着走的！"那一刻，我分明感到：他满是疲惫的脸上，眼神是那么安详！

杠杠的活不过囊囊的

这是句老家土话。

“杠杠的”就是范伟经常挂嘴边的那句东北土话，读作“gāng gāngde”。同理“囊囊”也读一声。

这句话的意思是：身体硬硬朗朗的人，不一定能活过病病囊囊的人。

不知道是谁发明了这句“混账话”。虽然无厘头，但有意味。

一是对病痛者的安慰，二是对身强者的嫉妒，三是极富宿命论。

“人各有命，用不着一天到晚瞎折腾（锻炼），反正到时都是死。”

还有：“骑快马的人和赶牛车的人苍老的速度是一样的！”

我的一位少数民族朋友曾对我说起过这么一档子事：他上学时有位体育老师，也是位少数民族同志，很注意养生，爱锻炼，有洁癖，每天喝水杯子都得用酒精棉球擦。40岁上，他突然觉得身体不适，到医院一查——两个癌症！

多年前还看过一幅外国漫画，一位老妇人站在墓碑前悼念她死去的丈夫。墓碑上写着几行字：他一生不抽烟、不喝酒、不打牌、不赌博、不乱搞女人，没有任何不良嗜好。人们不禁要问："这么好的人怎么死了？"老妇人说："他无聊死的！"

凡此种种，若是仅从字面上看，似乎都在调侃人生，没个正形儿；可仔细一想又无不透露出一种对生老病死等人生际遇既无奈又豁达的态度。

一位著名导演人到中年忽然患上了白癜风病症，脸上黑一块白一块地很吓人。这病不太好治。记者采访他对这个病怎么想，他幽默地说："小小报应添堵远比身患重疾要了小命强。"

我看到这句话时，心里忽悠儿一下，认为找到了知音。

我前两年患上了高脂血症。一开始没觉得怎么样，只是发觉头有点儿晕，乘公共汽车若是站着，以前只需一只手拉扶手即可，后来必须用两只手抓住扶手才站得稳；还有，走路上班碰上女同事，和人家一起走，走着走着，身子就往人家那边歪，弄得人家认为我不正经，好不尴尬。后来到医院一查，才知道是血脂高。我很郁闷。医生问："你多大岁数了？"我说："40多了。"医生说："行了，你可以了！现在30岁打胰岛素的都一层子啦！少抽烟、少喝酒、少吃肉，多锻炼。好了，下一位！"

这叫啥医生嘛！怎么能这样敷衍患者？

可是，两年啦，我按照他说的做，居然身体好转起来了。特别是他说的那句“现在30岁……”对我触动很大。这与那位著名导演对疾病的态度有异曲同工之妙。他似乎在告诉我:“你知足吧!”

这是位有“哲学头脑”的大夫。

是啊,面对越来越纷繁复杂的社会和各种各样不可预知的生活压力,人们应该持一种怎样的态度?

直面人生是必须的!

积极乐观是必须的!

勇敢面对也是必须的!

可是对于那些心理脆弱、理性失控、难于排解的人又怎么办?难道眼睁睁地看着他们因心理压力得不到正确疏导而做出失去理智的偏激行为?

“男人哭吧不算罪”,“阿Q精神”的回归,还有这句“杠杠的活不过囊囊的”,未尝不是一种聪明的人生哲学。

说实在的,真摊上事了能怎么着?还不是得往好了想,往开了劝。对于身患疾病、情绪低落的人,劝他振作起来战胜病魔是应该的;给他来上一句“那些身体好的还不一定活过你呢”似乎也没什么不可以。

我这还有个例子,发生在我爸身上。他前年去世了,否则我还不敢说。

本城我有位老乡叔叔,比我爸小1岁,是位工程师,老知识分子。

他乐观向上,我爸愁眉苦脸。

他喜欢锻炼,身体健康;我爸病病歪歪,老爱睡觉。

他劝我爸:"老杨,你这样可不行。得多出去走走,否则死得快!"

我爸说:"爱咋咋地吧!"

结果,老乡叔叔只活了72岁,患肝癌而死。

而我爸,一天到晚地睡,病病囊囊,78岁而终。

说这个事儿就是谝闲传。您千万别把它理解成:生命的意义不在于运动,而在于睡觉。

好好活着吧,因为我们要死很长时间呢!

“周”起一座房要花多大力气

序

卖豆腐丝的河北人小辜冲着村西口老王家连喊了八九声：“豆腐丝来——卖豆腐丝来——”可王家的稍门愣是纹丝没动，小辜不由得心生万分疑惑。

这时心里纳闷儿的不只是小辜，像卖切糕的老唐、卖山楂糕的小刘、卖炸排叉儿的老孙，还有破烂儿换泥人儿、糖豆儿的小赵等，对王家的无动于衷也都疑惑万分。

老王家既是我们村的大户——人口多，五男二女7个孩子；又是我们村的富户——7个壮劳力，一个工分合2毛5分钱的年份，年终他们家都能决算出个五六百元。好几年了，一直稳居我们村“富不死”排行榜第一名。因此，这些走街串巷做小买卖的都喜欢围着他家转。常常是几嗓子过后，只听街门响动，年迈的老王左手拿盆儿或碗儿，右手拿钱或茶叶票、糖票换而食之，令我们这些只知道偷鸡蛋换糖果的苦孩子羡慕不已。

正当小辜要喊第十嗓子之际，街对门出来倒炉灰的刘老五闷声闷气地说："你甭号丧了，没用！"不等小辜发问，刘老五又自言自语地说："老王家今年要盖房喽！嘿嘿，要一口气'周'起两座房呢！"

小辜闻听，吓得一吐舌头。

二

话说改革开放给我们村带来许多新生事物：大包干、求发家、邓丽君、霍元甲……此外，还有一些新的生活理念，比如这句话："要想一天不消停——请客；一年不消停——盖房；一辈子不消停——找个情人。"对于第一句和第三句大马村人是明白的。请客谁家没请过呀？孩子满月、儿女结婚(聘闺女叫"办花月儿")、老人办丧事，可不就得折腾几天嘛。至于"情人"这个洋词稍微有点费解，可立马就有人解释："嗐——！情人就是两个人瞎着——搞破鞋！邻村那谁和那谁不是瞎着嘛！'文化大革命'挂着破鞋游街，如今人都死了还被大家说道……"

至于第二句嘛，村里人是完全不予认同的！

盖房子岂是一年不得消停？别的不说，光是准备砖瓦木料就有"一年盖房十年备料"之说。此外还要有思想准备、位置考虑、制式选择、周边协调、用工筛选，巴结村干部、团结众乡亲，拉拢管水的、管电的、管大牲口的，等等，不折腾你个七死八活，十年八载不算完。

在村子里，村民们习惯把盖房子称为“周”房子，颇有深意。“周”，这个字大多用为名词，可在村民的嘴里被用作了动词。一位老人摔倒了，旁边人就说：“快把他‘周’起来！”好像用“拉起来”“扶起来”“搀起来”都显得生硬。我在字典里也没有查到这种用法，这是村民们的创意。一座即将盖成的房子，早在它立起来之前就已经成型了，只不过它还如一位瘫倒在地的老人一样，需要大家的周密相扶，完备接济，恭敬拥举方能站立起来。

因此，村里人但凡不得已，谁又轻易敢动盖房的念头？不要说大包干之前了，就是之后的头两年，家底不厚也是轻易不敢问津的。

二

我不知道那年头的风咋那么大？特别是在冬天，特别是在夜晚。

夜晚的风，感觉上比白天的风内容更黑暗、更拥挤、更焦虑。它一路上跌跌撞撞，需要穿越的光我知道就不下10个村庄：坨里、岗上、公主坟、西庄户、豆各庄、崇各庄、高圈、果各庄、小马村，最后才到我们大马村。然而，这么多的村庄丝毫没能绊住它猛烈的势头。

进到村庄里的风并没有顺势而去，而是醉鬼一般东游西荡，惹是生非。见到颓败的土墙撞一头，松垮的稍门踹两脚，破裂的窗棂抓几下。狗停止了狂吠,鸡瑟缩在窝里,猪在圈里死死压住一蓬麦草一动不动,静若处子。一场风过后,一些人家房顶上晾晒的白薯干被吹飞了;墙角堆放的棒子秸被吹散了;院里大杨树上的老鸹窝被吹落了,光洁纤细的枝条散落一地……

然而,一场清凉体面的风对于一个村庄来说意义还远不只这些。只有风可以使整个村庄战栗癫狂,沉醉晕眩,激动不已。灌进村庄的风与喝进腹中的酒一样——风,就是能醉倒整个村庄的酒!

老话儿讲"夜黑风高日,杀人越货时",这话在理儿。风的确可以壮怂人胆!在缺油少盐、无银沽酒的岁月里,一场酣畅淋漓的大风就是一瓶甘洌的酒。痛饮之后,贫困交加、消沉萎靡的村人便能做出许多惊人之举,比如盖房子这件天大的事。

是的,许多盖房的决定往往就是在这寒风呼啸的夜晚做出的!

三

每到冬季,南北方网友相互掐架。各自炫耀防寒利器:南方晒空调,北方晾暖气。我对这两样东西的态度是:喜欢,但并不喜爱。因为它们有温度没温情。我心目中的取暖圣物当数土炕。

当然了,每个人对温暖的感觉是不一样的。

想当年,七仙女为了坚定董永与她过下去的决心,说:"寒窑虽破能避风雨，夫妻恩爱苦也甜。”我认为这话算是说到点子上了。董永是湖北孝感人，属南方。那地方冬天只要能避住风雨，加之强大的爱情力量，虽为寒窑，可也不会寒到哪去的。

北方就不行了。冬季，单薄的土墙抵不住寒潮，翼薄的窗纸拢不住热气。但西北风吹来寒冷的同时，也吹来了五个字——这都不是事！因为我们有土炕！家家户户一铺土炕占据了大半个屋子。有了它，再穷的人家也拥有了春天。

又是一个寒风吹彻的夜晚，破旧狭小的土屋里，一家人躺在暖暖的热炕上拥被而眠。屋外北风呼啸，屋内炕洞里一背筐的棒子瓤燃烧殆尽，忽明忽暗。几块白薯被埋了进去，单等明早睡热炕头的男人俯身探出手臂，扒开灰烬，取出温热喷香的烤白薯，一家人趴在被窝里大快朵颐。

而此时，男人的手臂却伸进了旁边女人的被窝里。男人睡在热炕头，被一股股热气烘托着腰身，肾上腺激素像烧开的水一样“哗哗”作响。

一伸，女人没有反应；

二伸，女人转过身去；

三伸，女人猛然转回身，低声愤愤说道：“作死呀，南头儿的小三儿还没睡实呢！”

如冷水浇头，男人沸腾的水登时就沉寂下来。

男人知道女人“恨”他。

当初，分家时他执意把三间北房让给了兄弟，而自己选择了这座窄小破旧的两间西房。谁让他是家中老大呢？他应该有这个高姿态。可现在，当初被村民们盛赞的举动越来越被动了。孩子们渐渐长大了。大丫头上初中了，总不能还和他挤在一铺炕上吧。他把里间屋给了女儿。而如今，后面这两个小的也追债似的长大了。老婆怨他，他不怨老婆。

此时外面的风越来越紧，一股股地撞着墙、踹着门、扣着窗，催命鬼似的追问着什么。

好半天，在屋内死一般的沉寂里，男人梦呓般地说出两个字："盖房！"

男人说完后就被自己吓住了。奇怪的是：此时，外面的风停了，一家人都醒了……

四

自从在黑夜里播下这粒种子，一家人心里仿佛有了阳光。只不过，这片所谓的阳光，微弱得仿佛如豆的灯盏，稍有一丝微风都会使它寂灭烟升。一家人知道，喂饱这盏灯，烧的不能是油，而是血。

世间聚财的方式无非两种——开源与节流。当开源无源可开之时，人们只好把目光盯在了节流上。

一场可怕的"勒紧裤腰带"行动开始了。

勒紧裤带，并非只是少吃少喝那么简单，而是人们试图通过紧缩肚腹心胸，从而关闭所有视觉、听觉、嗅觉功能。于是，对走街串巷的小吃叫卖，充耳不闻；对时尚亮丽的衣衫，视而不见；对美味佳肴的香气，嗅而不觉。老人彻夜难眠的病痛，不会去医院，只是找小马村的"拐先生"抓几副汤药喝一喝了事；孩子的铅笔都是短到攥不住时，仍会找一根旧钢笔管套进去接着使用。除了逢年过节，平常日子极少动荤腥。他们少言寡语，内敛自哀。他们很少参与村里的热闹事，即便开怀而笑也是稍纵即逝。在他们眼中，快乐是奢侈的、有罪的！

他们变成了村中的圣人，是不识肉味的孔子，空乏其身的孟子，超脱世俗的老子。看着他们疲惫而又倔强的背影，村里人都暗竖大拇指——这一家子可真较劲呀！

当然了，如果您以为这一家人很痛苦，那就大错特错了，此时的他们，自认为是世界上最幸福的人。

他们白天不会谈起盖房子的事。单等到夜晚，当黑夜屏蔽了难堪的现实，夜色填充了无情的差距，风声叫停了对能力的质疑，他们才发觉离心中的目标很近。似乎只有寒风呼啸的夜晚，才能掩护他们构想着心中的梦。于是，他们每天都在期盼着夜晚的来临。

在无数个黑夜里，他们在梦中搭建着他们心中的圣殿。

男人说："这两年在大安山煤矿拉脚（搞运输）挣的那点钱，怕是不够。"

女人说:“没事,我去找我姐帮忙。我姐说,他们那边都搞承包了。我姐夫承包了一个厂子。我姐说了,用钱说话!”在这种事上,女人永远比男人有主张。

男人说:“盖三间吧,一明两暗。”

女人说:“要盖就盖五间,三明两暗——三间老阳出、两间酱猪头。”

所谓“老阳出”就是房子的前门脸全部由门窗封挡,且留出廊厦,这样的房子通透、豁亮、大气;反之,“酱猪头”就是全由砖墙砌挡。因为房子中间部分凹进去,使得两边的房子凸出来,看起来着实像酱熟的猪头一般蠢笨。但是这样的房子整体看来端庄、气派,是当年农村人心中的美居。

这样的谈话总会令人兴奋不已。

女人的心气之高令人惊诧。女人说:“房子从柁到檩、门窗,全用槐木的。”男人一听,笑得岔了气。女人说:“你笑什么?”男人说:“没什么,我想起一个笑话。”

从前有一对小两口。姑爷有点傻,但心眼儿好,小媳妇很爱他。一天,小媳妇的娘家刚盖完新房请他们回门喝喜酒。席间,有人故意出傻姑爷的洋相说:你能说出这房子是啥木头盖的吗?

早在出门之前小媳妇就告诉姑爷:是槐木的——槐木柁、槐木檩、槐木窗户、槐木门。怕他记不住,还提醒说:到时我给孩子喂奶,你一看我解开怀,不就想起来了吗?

见果有人问，小媳妇沉着应战，抱起孩子解开怀喂奶。

傻姑爷一见，立刻就明白了。随即说道："哦，是奶木柁、奶木檩、奶木窗户、奶木门。"

里外屋哄堂大笑。

女人狠狠地拧了男人一把……

五

我们村盖房几乎不求人——就是用不着请外边的人。您看：瓦工用的是老瓦匠方万庚团队，木工用的是方斌家族，石匠用的是罗振中，王润清编笆（王润清因腿脚不灵便，村人称之为"王拐子"），王春生打槽——就是打地基。王春生会唱悠扬婉转、律动感极强的劳动号子，带领年轻力壮棒小伙儿们打夯。就是将一块圆形石头在周围打眼后系几根绳子，打时数人拉着绳子将夯举起，将石灰、黏土、细砂掺和而成的"三合土"结结实实地砸进地基中。此外，还有"黑五类分子"汪学孟的念喜歌，几乎盖房子涉及的所有工种都全了。这才是名副其实的大村庄！

在农村，衡量一个村子的大小，往往并不靠村体规模、村民数量，而常常是看这个村子的功能结构是否齐全，办个红白喜事，大事小情的用不着请外人。不像有的村庄，看着挺大，结果井台辘轳上换根井绳都要找外人。

在经过了无数个深夜的谋划，以及无数个日夜艰苦卓绝的奋争之后，盖房子所需的材料全都备齐了。选良辰，择吉日，终于在一个明朗的秋日里开工了。同时，考验两口子在村里人缘的时刻也到来了(若是盖房没人来，那就太“那个”了)。

早在头天晚上，两口子便提了一个点心匣子(内装各色糕点)、两瓶二锅头、六盒香山烟(注意：那时烟还没论条)来到掌控全村人力资源的队长家里打点。

第二天一上工，队长蹲在轧场的大石轱辘上慢条斯理地抽着黄花烟(一种土烟)。

社员们渐渐聚拢过来等待派工。他并不着急，先是天一句、地一句地讲形势：什么革命又有新动向啦，“两个凡是”啦，足足扯了半个小时的“淡”。大家耐心地听着，其实人人心知肚明今天要干什么，可都不说破。

最后，一个年岁大一点儿的社员开玩笑说：“你今儿早上盐水喝多了吧？放这么多‘咸’屁，要干吗就说嘛！”

大家哄堂大笑，队长也笑了，这才慢悠悠地说：“今儿活不累。昨儿个管菜园子的老李头跟我说，咱们的蔓菁地草太多了，蔓菁也是光长秧子不坐果。所以，今天的活就是到蔓菁地拔拔草，撇撇秧子，拔的草、撇下的秧子自己拿回去喂猪，所以就不记工分了。”说完他站起身就走。

接着，好像又想起了什么，回过身说：“哦，对了，今儿个××盖房；大家也都看到了，两口子这几年苦了吧唧地不容易，愿意的就去搭把手；人家大工管饭，小工也不亏待，准备了点心——‘大八件’、‘小八件’（也是各色糕点）、茶水、烟，管够！好好给人家干，别跟什么都没吃过、抽过的一样，没起色！”

好，就这，散了吧！

结果，等大家来到盖房工地时才发现，原来管菜园子的老李头早就来了。

六

这真是一场热闹的农村盛会。全村的能工巧匠全都汇齐了，大家见面分外亲热。饱受岁月折腾的村民们，早就期盼着这种欢聚一堂的相聚。

然而，他们表达喜悦的方式很特别——相互“踩咕”（互开玩笑）。木匠拿瓦匠开涮，瓦匠寻木匠开心。“干净瓦匠，邋遢木匠”。老瓦匠砌一天墙，浑身上下沾不了几个灰点；木匠们忙乎一天，眉毛上都挂着木屑。木匠干不好，瓦匠会说：“这是师娘教的吧？”瓦匠活不灵，木匠称其为“二把刀”。

盖房子头等大事，除了打地基之外就是立架。

京郊农村传统民居是砖木结构。五间房讲究四梁八柱。一般都是先把梁柱立起来之后才能砌墙，走瓦工活。这是木工的重头戏。正在生病的老木匠方斌放心不下，由家人搀扶亲临现场坐镇指挥。村里的壮劳力都来了，立架轻而易举。一切都很顺利，但是等到最关键的安放大柁(主梁)时,却死活不能落架——就是对不上榫口。这可是不吉利的事!方斌的大儿子抡着大板斧,无论怎么使劲都无济于事。登时,现场一片静寂。刚才还欢声笑语的工地鸦雀无声。瓦工们拎着瓦刀,叼着烟,也斜着方斌大气不出。主家那两口子急得眼里冒出泪花,东张西望,手足无措。正在此时,躺靠在椅子里的方斌猛然站起,身子一震,抖落肩上的衣衫,急匆匆几步来到梁下,又"噌噌"几下攀上房顶,一把夺过大儿子手中的板斧,抬手就给了儿子一个响亮的耳光,全场一颤。老方斌来到柁头,高举板斧,口中念念有词:

黄道吉日来上梁,
紫微星君下天堂。
新梁新柱新房建,
九龙八卦居中央。

接着大喊一声:"你给我落下吧!"随即手起斧落,大柁肃然入位。一时间,欢呼声、鞭炮声响彻云天。主家两口子流下了激动的泪水。

趁着热闹,大家撺掇刚摘帽的"黑五类分子"汪学梦念喜歌。老汪却之不恭,只好答应就唱几句。他也是被当时的场面感动了:

您这个梁,不是梁,它是穆桂英的一杆枪!

前有朱雀朝北斗,后有玄武向太阳。

此地正是兴隆地,富贵荣华大吉祥。

…………

房梁架好,接着还有架檩和钉檩条(钉椽子),这都是徒子徒孙干的事了。至此,木工的大工程告一段落。该瓦工上场了。

瓦工是师傅把大角、徒弟跑大墙。

“把大角”就是砌墙角。砌墙先砌墙角,房子的四个角直顺了,四面墙也会随之平整如镜。这活任务艰巨,不是一般人能干得了的。常常是师傅先把房子的四角砌起来一段,之后拿出铜吊坠,眯起一只眼睛反复核查,这叫“吊角”。徒弟按照师傅留出的茬口一路垒下来,严丝合缝,绝不会跑偏。因此,“把大角”这活就成了衡量一个合格瓦工的硬标准。村民夸耀一个瓦匠常常会说:“人家是‘把大角’的!”

经过了一整天的艰苦奋战,到了傍晚时分,房子主体起来了。又一个高潮随之到来“上笆泥”!

我们村所处的京西之地,民居构建很少是瓦房。覆盖房顶的程序一般是先架房梁,梁上架檩,檩上钉椽,最后覆盖用芦苇编制好的大芦席,大家称之为“笆”!

早在半个月前,“拐大爷”(王拐子)便带领家人日夜编笆。从卢沟桥买来的芦苇，细小、柔韧、光洁，编出的笆像炕席一样花纹紧密、品相端庄。

大家抬着卷好的大笆，覆盖在房顶，前后左右竟然严丝合缝，毫厘不爽，绝了！

用花秸（麦草）掺和黄土和成的稀泥，是覆盖笆的好材料。大家用桶、用盆、用铁锹、用布袋，把稀泥运到房顶，摊平，抹匀，封严。至此，这座酝酿多年的房子，总算是“周”起来了！

七

又是一个初冬的夜晚。屋外风平浪静，屋内却心潮起伏。女人躺在堂屋的炕上，翻来覆去睡不着。

孩子们都各回各屋死眼（土话：睡觉）去了。

此时的女人被各种气味包裹着：槐木的味道、芦苇的味道、粉墙的味道、炕坯的味道、窗纸的味道、油漆的味道及身边男人的味道，女人既兴奋又恍惚。

忽然，女人听到头顶新糊的顶棚上有窸窸窣窣之声，她知道这是老鼠们在忙着搬家。女人不恼。幸福的喜悦不能只是由人来独享。

兴奋的女人把手伸进男人的被窝，然而，迎接她的却是浓稠的鼾声——男人太累了！

女人不管，固执地拉出男人的一条臂膀，一头枕了上去。

后半夜起风了……

第三辑　乡村浅唱

盗花生　盗白薯

写故乡忆旧文章最烦恼的是循音找字。

有些话，知道读音、说法，就是不知道该怎么写。比如，我一直想写写我们农村那些专门料理红白喜事、平抑家庭邻里纠纷的能人们，这些人在老家有一个专用名词，很神道的，叫作——大了！

"了"，这个字不能读"le"而应该读"liǎo"，了结的意思。您看，口头上表达很神气，可是落到字面上就没劲了。以为什么东西大了、小了的，真是没辙！

今天我要写的"盗花生""盗白薯"也是这样。字面上正规表达应该是"捯花生""捯白薯"。"捯"这个字有寻找的意思。可是，一写出来总感觉差着点儿意思。

这里所说的"盗"并非偷盗的意思，而是老家对一种农事活动的特殊称谓。在我小的时候，生产队的地里种有花生和白薯等。每当收获的季节，生产队本着颗粒归仓的精神，在对土地进行三翻五捡之后(所剩的果实其实已很少了),才向社员们开放。人们便把这种捡漏称为“掏”,如“掏花生”“掏白薯”,等等。可是,我觉得在这里只能用“盗”这个字,因为它除了强调出一种行为,更能表达出一种歉疚。

这毕竟是掠取公家的东西嘛!说拿、说取、说寻找都不靠谱,只能对这种“挖社会主义墙脚”的行为,自我认罪地说这是“盗”!

此外,是不是盗窃行为,还可以从干这事儿的时间上做出判断。一般都在清晨,天刚麻麻亮,有时还要自带煤油灯;或者,是在傍晚时分。这当然有不耽误农活的考虑。但是,也可充分说明,这事绝不能在光天化日之下公然为之。

其实呢,这种行为还有一个典雅的说法,叫作“拾秋”。

拾秋与拾荒差不多。当年在小孩中流行一个关于拾荒的顺口溜,同样能说清楚拾秋的境况:

星期天的早晨天刚亮,
拾破烂的老头排成行;
警察一指挥,
冲进垃圾堆……

我一直纳闷儿,那年头儿没有手机电话,一块地即将解禁、开放的消息却传得飞快。十里八村的男女老少都背着筐、扛着镐,奔跑着向田边冲去。

傍晚，待生产队的犁翻完最后一犁，生产队长一声令下，四周的乡民便像拾荒的老头一般饥渴地冲进田间。

脚下是一片多么松软的土地啊！那土比发糕还要松很多倍。当时农村有“四暄”之说——“新耕的地，新填的坟，大姑娘的肚子，发面盆”。

在这样的土地上耕作，根本不用锄头、板镐这些“硬兵器”，只需一把四齿镐即可。

四齿镐灵巧、轻便，关键是它可以像梳子一样，在这松软的土地上耙梳。

此时，喧嚣的土地上黑压压一片，却是出奇地沉寂。这里没有人声，耳边传来的是一阵阵叽叽喳喳的声音和人们紧张激动的喘息声。这声音不是喉咙里发出来的，而是铁锨、锄头、铁镐与泥土摩擦的声音。人们都在急切地寻找着什么，像是寻找丢失很久的东西，今天非把它找回来不可。虽然是在黑夜里，但此时大家的心里都亮堂堂的。

种地如绣花？屁！这种翻捡才如绣花呢。

那真叫一个细呀！

大铁锨挖，大镢头刨，小铲子拨，四齿镐耙，双脚踢。你翻过的地方我再过一遍；我浮掠过的位置你再深挖一下。田边地角、沟沟坎坎绝不放过，稍大一点的土坷垃也要被锄头砸碎或是用手捏碎。

以上呢,这说的都是盗花生。因为这东西很小,不细不行。

至于说盗白薯,就要大刀阔斧地行事了,不使劲往下刨不行。

白薯与花生都是群居植物,花生老实本分,一揪,一嘟噜、一串的,基本不脱岗。而个别白薯喜欢闹分家,独立出户,扎到深深的地层去思考"薯生"。犁铧犁不到,锄头刨不出。一般盗白薯要用大板镐使劲刨才行。

说实话,盗白薯盗不到好东西,大都是不成器的"白薯拐子",恰似萝卜头,白薯秧子、白薯须子等,拿回家喂猪。

而盗花生则是货真价实的收获。那年月,油料紧张,即使是花生产区,一个五六口之家一年也不过能分到几斤花生油,还要坚持食用一年。平时烧菜做饭时,筷子头上绑一小团棉花,往瓶子里戳一下,再到锅里刷一下即可。因此,人们无不想方设法多盗些花生,换回些油来。

我妈说:"那时的花生油真香。"磨回来的花生油放在冬天的凉屋子里能凝固成猪油一般的白色。包素馅饺子、蒸菜团子,放上一些,那叫一个香啊!全村都能闻到。

时过多年,我一直纳闷儿,一块地即便生产队犁过多少遍,翻捡多少回,人们还是能从中拾到很多花生和白薯。土地所蕴含的能量、给予人们的希望是多么巨大啊!真的,每次捡拾活动结束,你就看吧,谁的篮子、筐子都不空。

对此，我只能用文人的理念释之——土地不会亏待任何一个倾心于它的人！

中国改革开放的成功实践，深圳是"试验田"、样板城；而中国农村开放搞活的成功，小岗村功不可没。可是能去参观的人又有多少？看到包产到户后，广大农民无师自通地用冲天干劲取得巨大收获，这是谁教的？该不会是这种盗白薯、盗花生的活动吧？

棒糁儿粥　老咸菜

2013年12月召开的中央城镇化工作会议上提出:“城镇建设要让居民望得见山,看得见水,记得住乡愁。”

此话一出,一下子就火遍全中国。位居媒体头条,雄霸网络首页,泛滥于大小文人的各种文字,几近成语。

实话说,乡愁是一个美妙的东西。乡愁从前只是乡下人的土特产品,后来成为背井离乡人的特色礼品,如今已成为城市人争相购买的消费精品;在时下的泛旅游时代,乡愁又被开发成旅游纪念品。

乡愁到底是什么?是相思的情,是把玩的物,还是能够看得见的山水?

其中,在诗人余光中先生的那首已成乡愁滥觞的诗中,乡愁是一枚小小的邮票、一张窄窄的船票、一方矮矮的坟墓、一湾浅浅的海峡。而在现实生活中,乡愁就像亏本的生意,旧账未了,新账又到，就像胆囊里长出的结石，很难排解。

还是中央的文件来得洒脱，它只是说让大家记住乡愁就行了，至于怎么个记法？那是你个人的事，并不纠缠于听觉、视觉、味觉这些形式，玄妙得令人咋舌。

乡愁是故乡人的家常便饭，却是离乡人的美味佳肴。

直说吧，我是一个满溢乡愁的人。我的乡愁是味觉的。我的美味佳肴只是一碗棒糁儿粥，一碟老咸菜而已！

说起粥，且容我先“黏糊”一会儿。

粥，谷水混合熬制而成。北方的粥与南方人所说的稀饭不同。我所见过的稀饭给人以干饭兑水的感觉，“嘻哈风”“痞子气”，一点儿正经都没有。大马村就把那些行为吊儿郎当、没正形儿、少规矩的家伙称作“懈松鬼”。

粥是严谨的、端庄的，儒雅的品相，持重的性格，毫不松懈的态度，包容一切的胸怀——与红薯、南瓜、豆类乃至肉糜、皮蛋合作，温润稠糊，求同存异，一派大家风范。

熬粥是大火轰开，小火慢炖，直至黏稠，老百姓的话叫熬出米油为止。

这米油可了不得。那年去延安，在杨家岭的一家特产店里与店主闲聊。我问：“带点什么特产好？”他说：“延安的小米最好。”我说：“那是！延安小米养育了中国革命。”他说：“你知道这话的意思吗?”我摇头。他说:“当年红军长征到达延安,许多已婚怀孕的女红军都早产了。这些营养不良、月份不足的孩子是很难存活的。但就是这小米加红枣熬成小米粥的米油,使这些小生命奇迹般地活了下来。嘿嘿!现在许多都是党和国家领导人哩!”

此话不假,小米粥是产妇坐月子的战略合作伙伴。在大马村,村民管妇女生孩子就叫“喝粥”。在村子里,时常听到这样的对话:“媳妇的身子很重了,预产期是几月份呀?”

“哦,是六月的粥!”

多好啊,人一出生便与一碗粥相遇。因此,以“粥稠”寄乡愁再合适不过。乡愁本就是一锅各种思念杂合而成、岁月熬制的粥嘛!

至于稀饭嘛,就随它去吧……

好了,言归正传!咱们说说棒糁儿粥。

它又叫玉米糙粥。玉米,在大马村被叫作玉米棒子。因此,棒糁儿粥也被称作棒糙粥。

成功熬制一锅棒糁儿粥的操作攻略共分三步:第一步,把玉米打碎成玉米糁儿;第二步,烧开一锅水;第三步,把玉米糁儿倒入锅内,熬至成熟。

细节决定成败,熬粥也是。

第一，玉米糁子最好是上碾子轧碎，不能用机器粉碎。机器粉碎的不容易熬出油。按我妈妈的说法：那是“熟”过一遍的东西。

第二，熬粥用生铁锅与铁勺。生铁性情稳重，沉得住气，不像铝锅，导热快，一惊一乍地爱溢锅。在农村，铁锅与铁勺是一对很好的隐喻，常用来形容两口儿过日子——“哪有马勺不碰锅沿儿的”，说的就是这熬粥的智慧。

玉米糁儿倒入锅内之后，要不停地搅动，防止煳锅。多年下来，铁锅磨薄，铁勺往往划成了月牙形。而那些磨掉的生铁被人们喝到肚中，强身健体。

第三，熬粥离不开笊篱。许多人把笊篱与漏勺混为一谈。也难怪，它们之间有共性——都是在水中捞取东西，也有区别——捞饺子、面条可用漏勺，捞细小的东西用笊篱。

笊篱，用细铁丝编织，细密通透。玉米糁儿，特别是用碾子轧的，过箩筛过之后，剩下的糁子里残留有大量的皮。这些表皮坚韧难煮，不易成熟，会极大地影响口感。糁子倒入锅中，残皮立即漂起，这时要迅速用笊篱捞出。正因为笊篱的这种通透特性，村里人为此编制了一条俗语——“没有闲钱补笊篱”！

第四，熬粥要好吃，还需加碱面。这个碱面即蒸馒头时用的碱面。熬粥时放碱，既省时又黏稠、口感好，村民称之为“滑溜儿”。

第五，喝棒糁儿粥千万别忘了“粥伴侣”——老咸菜。

棒糁儿粥与老咸菜堪称农村的一对老夫妻。它们相濡以沫，互敬互爱，不离不弃，养育了一代代辛劳的农人。

老咸菜的老，不是指菜的老，而是指腌咸菜的汤是老的，百年老汤，老而弥坚！

腌菜都是当令时蔬：蔓菁、萝卜、雪里蕻、黄瓜、豆角、羊角葱、白菜头、红薯梗、青红辣椒、萝卜缨，等等，什么都能往里扔。扔进去，假以时日都能满怀馥郁、盈口馨香。一口腌菜缸简直就是一个兼容并包、融合统一、味觉上的意识形态。

好了，甭管酸文人们怎么不待见这咸菜缸，这一点都不会影响我们村人对它的喜爱。

有了这缸菜，就有了战胜一切苦难的决心与信心。喝一口棒糁儿粥，就一口老咸菜，生活已无所求；咸菜疙瘩切细丝泼上辣椒油，可以招待姑奶奶；吃面条没有卤，盛一勺老汤，炸上花椒油，一大海碗面"呼噜呼噜"就下去了。我曾见过村人兄弟闹分家的契约：房屋地产、动用家什均分。之后，往往特别注明："咸菜，一家半缸。"

通过咸菜缸，我能看到一户人家的历史。千年祖屋、百年家具都能体会到祖先的精气神，但这只是一种文学描写。真正可以使我们与祖先同甘共苦、息息相通的恰恰是这一缸老咸菜。因为一缸老菜汤，多则上百年，少则几十年，用不着时光倒流，我们就可以在不紧不慢的咀嚼中，穿越时空与我们的祖先在舌尖上相遇。

我们家那缸咸菜极咸，说明我的祖上就很能吃咸。我的家族有高血压病史,怕是与此有关。中年以后,我的身体也出现状况,血压偏高。我口重,能吃咸。医生让我控制食盐摄入量,我难受至极。我在城里长大的老婆很不理解,弄不清我为啥这么能吃咸。

我说:“小时候家里穷。”

她说:“穷和吃盐有什么关系?”

我气急:“我从小就吃不上个香味,还不能吃个咸味?!”

歇后语　俏皮话

有句俗语叫:“三里不同风,十里不同俗。”这话听着邪乎。

所谓“一方水土养一方人”。老家农村,村连村、户连户,有的同吃一河水、共耕一块田,风俗上能有多大的差别?要是说每个村有每个村的小秘密,每个村都有只有本村人能听懂的话,这倒差不多。

就说我们大马村吧,就有许多村人自创的土语、俚语、歇后语。

比如:在《想良乡》一文中就有“王老太太上良乡——县去”这句话。新中国成立前,良乡是个县。所以村里的老人上良乡,你若问他去哪呀,他们就说“上县”或干脆简称“县去”。“县去”这个词与丢人现眼之意的“现去”同音,加之王老太太去良乡的次数多点,于是一个只有我们村人能听明白的“谚语”诞生了。

又比如:在《大马村纪事》一文中,又有“大马村三件宝——蚊子叮、蛇蚤咬,晚上睡觉蛤蟆吵”“骡拉车、马驾辕、儿子赶车不要钱”等俚语。除此之外，今天再说三个吧。

李志新的耳朵——配搭儿！

有句歇后语叫：“聋子的耳朵——配搭儿。”“配搭儿”就是摆设的意思。这句话现在看来很有歧视残疾人的意思，可当年农村哪有这些讲究？

那怎么就变成“李志新的耳朵”了呢？难道李志新也是失聪之人？不是，李志新非但不失聪，而且比别人还多几个“聪”——聪明至极！

他当过兵，见多识广，心灵手巧，会修各类农机具、无线电设备，这在农村算得上是极品人才。

那年，村里要买拖拉机，准备选拔一名拖拉机手。好家伙，这在当年不亚于现在开奔驰、宝马挑选司机，年轻人谁不动心？因此，体检那天，全村的适龄青年都聚到了公社卫生院，接受选拔检查。

李志新也来了——当然要来！

他一路过关斩将，几乎所有体检项都是优。就剩最后一项，测试听力了。这时，外面进来一伙人，扶着一个满脸是血的老人。李志新一看大惊失色，那老人是他爹。

他爹在后园子看西瓜地。一群野孩子偷瓜，他追赶时被一块砖头击中。

李志新闻听怒火万丈，可是，最后一项听力测试正在等着他。

所谓听力测试，其实很简单，就是卫生员手拿一个类似U型磁铁的音叉，在腿上敲一下，再放到你耳边晃动，耳力好自会听到嗡嗡作响。

可是，那天卫生院的音叉坏了。小卫生员只好在他耳边轻声说："拖——拉——机。"

李志新正在气头上，心乱如麻，听岔了。

他一回头，怒目横眉地对卫生员说："你妈×！"

胳肢窝里夹柿子——没这么懒（溇）的！

我们大马村所属的房山区是著名的磨盘柿之乡。

柿子成熟之际，漫山遍野火红一片，像极了房山人掏心掏肺的火热性格。

"七月枣，八月梨，九月柿子红了皮。"这句标本式、红彤彤的民谚，基本上没我们村什么事儿。因为我们村平安"无柿"。

大马村是个平原村，有几棵枣树、梨树，一片桃树、杏树、李子树，就是没有柿子树（作为农村孩子，心里边不装几棵果树，那童年就真的是惨不忍睹了）。

我们村人想吃柿子，只有从山里边弄。因为当年路途遥远，且路况又差，太熟太软的柿子禁不起颠簸，从而造成我们只有吃生柿子的现状。

熟柿子，那是多大的诱惑呀！

皮薄透明、吹弹可破的“一兜儿蜜”，咬一口“吸溜”一声，红色的蜜汁儿喷涌而出。像久别的恋人，亲吻有声，“小舌”互搅，那滋味……嘿嘿！

可生柿子就大煞风景了。

青柿子涩人，舌头拉不开栓。怎样克服这种“猴急”的心魔呢？答曰：人工催熟。

人工催熟法，土名曰“漤”，读“lǎn”，与“懒”字同音。

漤柿子因居处不同，方式也各异。小河边的，把青柿子投入河中，沙土埋了，采取自然脱涩。不挨水源的，在家用温水泡，缸里盆里每天换一遍温水。自然方式脱涩时间长，需十天半月，加了温水的，五六天即可。

还有更简洁、省事、偷懒的方法，那就是用“胳肢窝夹了”——那里边热乎呀！于是，一条民谚脱颖而出。

我们村对于那些偷奸耍滑的人，常用此话训之。

那年，老师罚我抄生字，每个抄两遍。我一手握两支笔，一气呵成。后来事情败露，老师严厉斥责我说：胳肢窝里夹柿子——就没见你这么懒(漤)的！

年糕掉豆——找拍！

每到年关，一进腊月农村就忙活起来了。城里人发明的那首“筹备新年倒计时歌谣”——二十三，糖瓜粘；二十四，扫房日；二十五,磨豆腐……与我们农村的过法不尽相同。

甭看城里人说得热闹,但做的不一定咋样。

他们大都是图方便花钱去买。也不能说他们懒,而是条件有限。

比如说磨豆腐吧,在城里谁家有驴有磨折腾这事儿?

农村可不！宽门大院,大把的农闲时光,有过年的紧迫感,却没有局促感。一进腊月,农村人就宽宽绰绰地准备年货。其中,蒸年糕就是一个大项目。

先是淘黄米、泡黄米、占碾子(用碾子的人家太多,需要排大队)、推碾子碾黄米(要相互帮忙。这东西黏性大,碾子推得不能太快,要匀速慢行,体力消耗极大)、过细箩筛面、蒸年糕。

年糕的蒸法——盘锅台、烧柴火、水翻花,锅里的大箅子(笼屉)上铺上白纱布,先铺一层泡好的红小豆,再撒一层厚厚的黄面,之后就是一层红枣、一层黄面的累加,要弄得瓷实了才行。最后,盖上"绛篷"——一种用稻草与秫秸制作的蒸年糕专用的锅盖。当浓香湿重的白汽充满房间,随便走进一家,不用吃,闻一鼻子都能饱。

年糕蒸得了,出锅时要提起那层纱布,倒扣着放到案板上——检验一个主妇水平的时候到了。揭开纱布,讲究上面那层豆子不能掉一颗。如果豆子松散,就要使劲"拍"实了。

于是,一条村谚应运而生:年糕掉豆——找拍！比喻对那些做人懒散、没正形儿的家伙，要狠狠教训才是。

这条村谚应用之广令我吃惊！

那年我们班从外地调来一个新班主任，刚来半个月，就召开家长会。会后，他留下我娘，谈我学习的事。他们的对话我在门外都听到了。

他说："这小子很聪明，就是不正经玩儿活（用功）。"

我妈说："您该打就打，该骂就骂！"

他冷笑一声："哼哼，我看他就是年糕掉豆——找拍！"

东边的碾子西边的磨

一

小时候在大马村，最让我兴奋的事除了过年，就是村里的红白喜事了。

红事就是喜事，莫过于结婚娶媳妇。只是这喜事太短、太快。而且我所关心的只是扔喜糖一个环节。“呼啦”一下子，糖果从主持人的托盘中抛撒下来，像是一碗小虾扔进滚烫的油锅里，地上一通炸乱，结果收获甚微。

为此，我不太喜欢红事。

我最喜欢看的是白事。

白事就是丧事，专指死人。人既然已死，也用不着着急忙慌了，尽管从容来办。少则3天，多则5日，也有放一期（7天）的。其中，打“装椁”（做棺材）入殓、烧纸哭丧、传灯供饭、出殡掩埋等环节我都喜欢看。但最喜欢看的还是哭丧。

哭丧有许多说道：儿子哭惊天动地，女婿哭像驴放屁，闺女哭如诉如泣，媳妇哭有气无力，老太太哭如同唱戏。

我们村的老太太都很会“哭”，四六言，长短句，起承转合，有板有眼。村南头方老太太老伴儿死时哭老伴儿，动听至极：

“高粱叶子满天飞，没儿没女我靠谁？”

“东边的碾子西边的磨，谁给我推磨扛笸箩！”

无儿无女，孤苦伶仃的方老太太失去老伴儿的痛苦惊天骇地。但从哭诉的内容来看，好像别的她都能克服，唯有这推碾子、磨磨的活计，无人帮衬，实在令人伤心。

在农村，推碾子磨磨是件苦差事，也堪称表现苦难生活的活茬儿。电影《白毛女》中喜儿就是在磨坊里被黄世仁霸占的；电影《甲方乙方》中傅彪饰演的角色想尝尝被剥削压迫的滋味，被安排体验的第一个项目也是推磨。老话儿讲“有钱能使鬼推磨”说的虽是金钱的魔力，可暗中也道出了一个事实——这活儿就不是人干的！

二

推碾子磨磨这活儿真的很苦吗？确实！对于无儿无女的方老太太来说，确实这样。可对于干惯了农活的农村人来说，也没那么邪乎。

我想，这或许都是没有从事过农业劳动的文人们对农民艰苦劳作的想象。文人的话大多不能全信。他们认为艰苦的，或许没那么可怕;他们认为美好的,或许艰苦异常。比如文坛泰斗汪曾祺的小说《受戒》中,主人公小明子与小英子一起踩水车的情景何其美好。可是,有现实中人指出:踩水车是一件非常辛苦、残酷的劳作。江南许多农人常有踩水车造成睾丸下垂以致脱落的。

推碾子磨磨没那么可怕,只是腰酸腿疼而已,睡一觉也就过来了。或许是这种活计单调乏味,走一天路也走不出一个圈,有一种宿命般的隐喻和生命的无奈在里边,从而引发了悲天悯人的文人们的同情而已,以至于连大字不识的方老太太都拿此诉说自己的无助与孤独。

早年间那会儿,农村没电。人吃的粮食和牲畜的饲料粉碎都要靠碾子。那会儿,生产队早上派活儿,要是谁能被派去磨坊劳动,那是要与生产队长有点儿关系才行。起码,在磨坊里风吹不着、雨淋不着,再加之有毛驴助阵,勤快一点儿根本累不着。如果碾轧的是红薯干、黄豆之类的,还可以过细箩、烧开水、冲一碗茶汤喝喝。何累之有啊?

当时在农村流行着"四累"之说:打墙、打坯、割麦子……最后一项不能说,太流氓。

总之,这里边并没有推碾子磨磨什么事儿。

三

碾子是乡村的胃,没有什么是它消化不了的。

我常与80岁的老娘唠闲嗑，说起三年自然灾害时，村民们吃树皮的事。我问："树皮怎么个吃法？水煮吗？"老娘说："哪能水煮？树皮剥下来晒干，之后上碾子轧碎，过细箩筛面，之后再掺上玉米面、白薯干面、高粱面等，蒸发糕、做轧擦格儿（家乡的一种面食）。"老娘说，树皮中榆树皮最好——出面多、口感好！这还算是最好的饭食了，后来树皮吃完了，就吃玉米瓤子、棒子皮子、白薯秧子等，依然是晒干，上碾子磨面……总之吧，只要是碾子能碾碎的东西，人的胃就能对付。说碾子是农村的胃，不为过。

老娘极喜欢碾子轧出的粮食，说："好吃！"我问："机器粉碎出来的不好吗？"老娘说："不好！机器打出来的东西，干涩无味，熬不出油，因为那是熟过一遍的东西了。"

这样的解释，我前所未闻。

记忆中，我们大马村东南西北好像都有碾子。有的大户人家（这里指人口多的人家）自己院子里就有一盘碾子。而石磨好像就只有生产队才有。

石磨是专门加工细粮的，如磨豆腐、做粉条，它是升格为2.0版的碾子，不到年节很少能派上用场。

而碾子就很普及了，它不拒粗细，横扫千军，摧枯拉朽。电影《大决战》某集的片头就是一盘碾子在缓慢、沉着、坚定地碾轧滚动，极形象地预示了中国革命胜利局势的不可逆转。

碾子啊，你不知疲倦地转呀转——千载轮回徒步走，朝夕只为口中餐;唯有深夜残勾月,抚摸伤痛透骨寒。

前年我回故乡探亲,发现村中的碾子荡然无存。碾盘弃置路边,石轱辘不知去向。可怜的碾子——有名无实的粮食加工厂,生命就这样被定格在荒芜之中。

唉,咋说呢!再坚硬的东西都会被时光碾碎。而岁月,才是名副其实、无坚不摧的碾子呀!

炸酱面　麻酱面　打卤面

我的一位刚从北京学习回来的朋友一到家就找到我，大诉在北京的种种不适。首先就是北京的饭太难吃："那叫啥东西呀，根本就没法吃！一碗馄饨半碗酱油，油泼辣子他们居然连听都没听说过；炸酱面黑乎乎的看着就恶心；餐馆里也不行，辣子炒肉那辣子居然是甜的！……总之，北京的饭真是不行，那些厨师都是啥水平嘛。"说着他一拍我的肩叹息一声，"唉——！你能在那儿长这么大真不容易。"

一席话说得我哭笑不得，一方水土养一方人，一个地方的饮食习惯是最不好指摘的。照他的意思，我们从街上的小馆子随便派一位厨师到北京去都能进钓鱼台国宾馆弄个厨师长干干。

说归说，笑归笑，老实说离家多年，家乡的许多饭食我也吃不惯了。但是，也有一些饭食我以为还是相当不错的，比如老家的一些面食，确切说就是面条令人难忘，今天不妨就说上三种。

一是炸酱面。这是我的最爱,这东西看着黑乎乎的不太馋人,其实吃起来特香。在北京,我常见一些外国人——黑人白人的都一碗两碗地吃个不停。顾名思义,炸酱面的主角当然就是这炸酱,也就是说这碗面是“以酱立面”。酱炸得好坏直接关系到面的声誉,所以,北京炸酱面的炸酱用的都是百年老字号正宗六必居的黄酱。挖一疙瘩放到碗里,多用些水把酱澥开、调稀;接下来就是切肉(猪肉、羊肉均可),要肥瘦搭配,以瘦为主,肥不可缺;切好姜末、葱末。炸酱时锅里要多放些油,在油不太热时先放姜末,待炸黄炸出香味,就把切好的葱末放进一部分,然后放肉丁。肉不能炒老了,否则吃起来咬不动,只要肉丁炒得变了色,就把用水调好的酱倒进锅里。酱刚下锅时不能紧搅,要将火放小,谓之“小火干炸”,一般要等半个小时炸到稍稠时,再把剩下的葱末放进酱中,这时才能多搅,不能让酱煳锅。此时,酱里的油也炸出来了,酱香味也出来了,出锅时再放上点儿鸡精,这样炸出来的酱,黑红发亮,上面汪着一层油,酱香、葱香、姜香全齐了。大夏天的,炸上一些酱放到罐头瓶里,天热不想做饭就下上一把面,拌而食之,不失为一顿佳肴。老吃凉皮子不行,伤胃。不过,本地没有六必居黄酱,可用营口大酱代之。甜面酱不行,没有酱香味。

二是麻酱面。应当说明此麻酱并非彼麻将,这是芝麻酱的简称,说白了就是磨制香油的下脚料。不过若是麻将打得顺手,腹中饥饿又不忍罢手,就完全可以以此充饥。说不定食、娱同题会带来好运。

麻酱面非常好吃也非常好做。只需把芝麻酱用筷子挑出一坨搁在碗里,加上点盐,再加上点凉开水,用筷子顺着一个方向搅动把酱澥开,再搅一搅待酱变稠了,加一些凉开水接着搅,反复多次,直到能拌面的程度,最好能把渗到酱中的香油搅出来。这个酱可以拌面,也可以拌凉菜,味道之好,不可言表。

炎热的夏天,将下好的面条放到刚打上来的井水里过一下,浇上一大勺搅好的芝麻酱,手中攥一根顶花带刺的黄瓜,吃一口面,咬一口瓜,嘿!那叫一个美。

在以前,北京市民夏天离不了这东西。有一年夏天京城芝麻酱断货,时任北京市政协委员的著名作家老舍先生就写提案向上反映。为一罐芝麻酱小题大做,听着有点邪乎。可仔细想来,群众利益有哪一件是小事呢?

芝麻酱到处都有卖的,本地超市就有。不过,一些人因为吃法不得要领,对这东西并不感兴趣。去年夏天我在外地出差时,我老婆就买过一罐蘸馍馍吃,结果吃到嘴里舌头拉不开,一赌气她给扔了,我回来一听哭笑不得:“唉!这败家婆娘……”

三是打卤面。先得声明这与牛肉面馆做的打卤面是两码事。这种面制作简单,可形式多样。卤有鸡蛋卤、西红柿卤、茄子卤、黄花木耳卤,等等。正宗的打卤面是以前北京大宅门里的做法,相当复杂,咱学不来。但小户人家的做法也很够味。一般配料有肉片儿、香菇、木耳、黄花、海米、鸡蛋、淀粉等。先将油烧热放入葱花,然后把煮肉的汤倒入锅中;再把肉片儿和发好的香菇、木耳、黄花、海米放进去,开几开之后,加水淀粉徐徐倒入锅中勾芡;煮几开待汤汁渐浓,再甩上一两个鸡蛋,之后放入盐、鸡精、料酒就可以起锅了。注意!打卤的关键环节是加水淀粉勾芡,加多了汤汁浓稠似糨糊;加少了清汤寡水没情调;要不稀不稠,黏稠适度,卤汤水滑晶莹方为上品。

如果嫌这复杂,那还有更简单的就是,先炝锅后加水,再放入切好的西红柿片,然后勾芡,甩一个鸡蛋,再加入各种调味品就行了,这叫西红柿鸡蛋卤,简便好吃。老家有"鸡蛋打卤过水面"之说,也是夏季饮食之佳品。

以上就是三种面的主料,接下来咱再说说这个面的问题。

正宗炸酱面、麻酱面、打卤面中的面一律是手工面。即自己和面、擀面、切面(或拉面),这样下出来的面才劲道好吃。现在市场里的切面铺有各式各样的面条,但大都不行。还有一种模仿手工的面条看着像那么回事儿,可吃到嘴里蛮不是味儿。面条发硬,不劲道,少韧劲儿。吃面也有学问,要"人等面",不能"面等人",现吃现下,北京人谓之"锅挑儿"。

一般吃面,都是先和好面放到一旁醒着,然后再张罗着做各种酱或卤,等做好了酱卤,面也醒好了,这时或拉或切定然柔韧有度,美味可口。

应当说明的是，三种面中炸酱面要热吃，因为炸酱肥肉多，荤腥大，凉吃容易闹肚子。其他两种面都要过水凉吃，讲究的是井水过面冰凉爽滑。

现在酱也好了，面也好了，但还是不能吃。正如吃拌面要有炒菜，吃这三种面也要有各色菜蔬拌面。不过，这些菜都不用油炒，完全是素吃——北京人称之为“面码儿”。这里边讲究颇多，一般要有：青豆、黄豆、白菜丝、菠菜叶、韭菜段、萝卜丝（北京的心里美萝卜最好）、黄瓜丝、芹菜末、香椿叶等不下十几样。这里边有些菜吃前需要在滚水中煮一下，别小看这些东西，因为出产时令不同，想凑齐了也不那么容易。实在不行减几样也可以。再不行，洗根黄瓜攥在手里干啃也别有一番豪爽之风。总之，绝不能白嘴吃面。老家人把没有面码儿的面叫“光屁股面”，多恶心。

炸酱面、麻酱面、打卤面三种面介绍完了，有兴趣的朋友可以做一下试试，成功了算您的功劳，做砸了骂我的不是。

第四辑　树熟流芳

缘　起

大马村人对果树敬畏有加,这从对这些树所结果实的称谓上看得出来。凡苹果梨桃、海棠杏枣,一律称之为“树熟”。仿佛树是一位厨艺高超的大师傅,所结出的并非时令笃鲜,而是果腹之饭。这一点倒是与新疆人把无花果称为“树上结出的糖包子”有一拼。

树熟三篇,说的是枣、梨和柿子。农谚有“七月枣、八月梨、九月柿子红了皮”之说。这既是一条精练深刻、发人深思的农谚,也是一首好听易记、朗朗上口的童谣。

我爱说,当然,更爱写!

七 月 枣

一

说真格的,枣是不是7月成熟的,我还真弄不清楚。

管他几月成熟呢！植物的生长连着人的心。山西左权民歌《桃花红杏花白》中唱道:“桃花你就红来,杏花你就白……”直接与果树你我相称,不拿果树当外人。悬挂枝头的果实就是玲珑剔透的人心——“吐鲁番的葡萄熟了,阿娜尔汗的心儿醉了。”同理,大马村的枣儿红了,孩子们的心儿也碎了——偷枣是那个时节令孩子们怦然心动的主题。

其实呢,枣在北京地区根本就不是什么稀罕物。夸张点说可谓:家家有枣树,户户满天星。郁达夫在《故都的秋》中写道:“北方的果树,到秋天,也是一种奇景。第一是枣子树,屋角、墙头、茅房边上、灶房门口,它都会一株株地长大起来。像橄榄又像鸽蛋似的枣子颗儿,在小椭圆形的细叶中间,显出淡绿微黄颜色的时候，正是秋的全盛时期，等枣树叶落，枣子红完，西北风就要起来了……”

前面说村里的孩子们喜欢偷枣，这倒不是因为稀缺，而是源于儿童的淘气顽皮，北京土话称之为：闲愘！当然这也不能完全怪孩子不尊重枣树。我想，主要还是因为枣树这东西七扭八歪的自身就没个正形。不像人家松树正儿八经地令人肃然起敬。

别说孩子不拿枣树当回事儿了，大人也一样啊。

鲁迅在散文诗《秋夜》中写道：“在我的后园，可以看见墙外有两株树，一株是枣树，还有一株也是枣树。”尽管评论家们绞尽脑汁地赋予这句话多么高深的思想性，其实大家一眼就可看出此话的无聊与无奈。

真是无聊吗？

还是郁达夫在散文《回忆鲁迅》中写道：“去看鲁迅……他住的那一间房子，我却记得很清楚，是在那两座砖塔的东北面，正当胡同正中的地方，一个三四丈的小院子，院子里长着三四棵枣树。”

这就有意思了！如果这两人说的是同一个地方，那鲁迅的文章就相当克制了。人家要是把话说全了就会成这样：在我的后园，可以看见墙外有两株树，一株是枣树，还有一株也是枣树。此外，院子里全是枣树……如果说的不是同一个地方，文章似乎也应该这样改：呜呼，我说不出话来！在北平，甭管搬到哪，都离不开这些该死的枣树。我看北平干脆改叫“枣庄”算了……

二

枣树这东西其实不赖，夏天一地浓荫，秋季繁星满冠。天上的星星要是看到够不着，地下的脆枣却随便扔块土坷垃就会狂飙为你从天落。俗语讲“有枣一竿子，没枣一棍子”意思就是：无论事情的结果怎么样，先试一下再说。将此话再上纲上线就成了：实践是检验真理的唯一标准。好家伙，这歪瓜裂枣的玩意儿竟蕴藏着如此高深的哲理，

北京的枣树品种很多，据《燕京岁时纪胜》所载：“都门枣品极多，大而长圆者为璎珞枣，尖如橄榄者为马牙枣……”还有酸甜适度的“老虎眼”，个儿大、脆甜的大白枣等。不但史料有枣的记载，传说故事也有不老少啊！

乾隆帝听说刘罗锅能掐会算，决定试他一试。一天早上，他随手摘了个青色的大枣握在手中，差人去叫刘罗锅。刘来了，未等乾隆帝开口，跪倒就问：“大清早儿……”老刘想说：“大清早把臣宣来有什么事？”可刚一开口，乾隆就以为老刘猜对了，急忙张开手说：“你猜对了，朕手里握的就是大青枣！”老刘一头冷汗心想：刚才要说大早晨的还麻烦了。

这故事不咋地，但足可说明枣树的遍及。上至皇宫大内，下至百姓人家随处可见。以至于连皇上都拿大枣来检测臣子的智商。

话说近些年为保护古都风貌,吵吵嚷嚷好不热闹——大声疾呼者有之,上书谋划者有之,抢救拍照者有之,网文讨伐者有之。我也注意到所有这些大多是就视觉面貌而言的:融洽温馨的杂院、古朴幽深的胡同、人情充溢的市井、街里街坊的无间亲密等。其实,养育一方百姓的热土怎么会只有这些眼巴前儿的东西呢?除了视觉的、听觉的(如市井吆喝声等),起码还应该有味觉的。

在网上,我看到北京城有个叫潘青华的人,就真的干了件留住味觉的事儿。

老潘(那时应叫小潘)1997年研究生毕业后来到北京农科院林果所。刚来北京,每到周末他就会带上干粮满北京城转悠。转着转着,他发现当时很多院子拆了,院里的许多树也被砍伐,且大多数是枣树,很多已是几十年甚至上百年的古枣树。他就想这些枣树都是宝贵财富,就这样白白地被砍伐,真是浪费,而且有些品种可能就只有一株,如不保存下来,就面临着绝种的危险。

一个大胆的想法闪现在潘青华脑中:把北京的枣树全部收集起来,太大的树就剪下枝条,嫁接在别的枣树上,然后进行研究和筛选。从1999年到现在,潘青华已在北京城区收集了面临砍伐或枣疯病威胁而绝迹的枣树接穗168份,其中有24份采自已经定为古树的。他还在崇文门收集了一棵罕见的有800多年栽培历史的面临衰老死亡的酸枣树,通过高枝嫁接的方式使其保存下来,建立了北京枣资源圃。

目前，枣资源圃中保存了从北京城区收集的鲜食类型10个品种、干食类型12个品种和观赏型6个品种，此外还有4个酸枣品种……

味觉——舌尖上的记忆是所有人类记忆中最顽固、最稳定、最牢靠的记忆！如此一来，老北京城就可观、可闻、可尝——齐活了！

三

大马村的枣，作为京城枣树的乡下穷亲戚也没啥新鲜的。璎珞枣、“老虎眼”、马牙枣、大白枣居多。记得村后头孙长河家的自留地里有一棵葫芦枣。我吃过，结出的枣子真像一个小葫芦。其他的，最多的就是两头儿尖、中间圆，形状为椭圆形，果肉细嫩多汁，酸甜可口的“尜尜枣”了。

尜尜枣很讨村人的喜欢。当时村里流行“四暄”“四累”的说法。村民为此还特制“四小”赞之——虎耳草、尜尜枣、母猪的奶头、小孩儿的雀。“雀”读“qiǎo”，指的是男孩儿的“小鸡鸡”。这些话听着有点“那个”，其实很原生态、接地气。它只是说这四种小东西玲珑讨巧，萌态可人。(这还是我修订的版本，原版更污。)

总之呢，我们村的枣就是这么个情况，乏善可陈。而今天我要说的恰恰是一种不起眼儿的小酸枣儿。

提起小酸枣，别看它模样不济，它却有着光辉的艺术形象。喜欢评戏的京津冀地区的老百姓对评剧《金沙江畔》耳熟能详。

其中，那首由评剧大师筱白玉霜演绎的《小酸枣》著名唱段更是家喻户晓。故事就不赘述了，摘几句唱词给大家欣赏：

小酸枣滴溜溜的圆，
红嘟噜的挂满悬崖边，
吃在嘴里冒酸水，
吃在嘴里口不干。

（对这出戏我一直搞不明白，既然着力描写缺水口渴，而剧名偏偏又叫作《金沙江畔》，守着一条大河，还活生生上演了一段现代版的望梅止渴，真是不可思议。记得当年毛主席观看现代京剧《芦荡火种》时说：芦荡里那么多水怎么存得住火种？我看还是叫《沙家浜》吧！）

四

大马村没几棵像样的酸枣树。有，也只在坡顶沟沿儿处长那么几棵。姥姥不疼，舅舅不爱的。

真正大规模、密集型的酸枣采摘地，是在村子西面2里地远的“森林坡”！

这是一片属于西庄户村的丘陵地。名叫森林坡，并没有林木。只是随坡势开垦了许多梯田，作为条田林网，该村种植了大量的小灌木——酸枣树(圪针林)。每到夏景天儿,枝叶茂盛,挂果极多(具体情况和戏里唱的一样)。

森林坡的酸枣红了,大马村的孩子疯了。疯的原因是有人拿它卖了钱。巨款——5块!

再没有什么比能够直接变现更具有吸引力的了。春天我挖过三角信(一种药材,碱性极大,洗完手瘙痒难忍)。夏天我到处搜集大麻籽(即蓖麻,也是药材)。现在又听说酸枣能卖钱,岂能错过?

没有买卖就没有采摘。我顶烈日、冒酷暑,不惧圪针扎、虺虺蛰(一种毒虫)、野孩子欺负等,采摘了一大书包,红红绿绿,酸酸甜甜。

站在良乡大角日杂商店门口,不一会儿我就卖了七八毛钱。(我用了一个比酒盅稍大的小玻璃杯,一杯5分。枣大杯小,装不了几颗)。后来卖不动了,天色将晚,这时,一个路过的老太太对我说:"孩子,卖酸枣儿要去北关医院,那儿看病、怀孕害口的人多。"

听人劝,吃饱饭。撒丫子我就奔医院。果然,在大门口,一会儿工夫我又卖了三四毛钱。不只是孕妇,男女老少看病的都买。可也难说,那年头儿能吃得起正经水果的有多少?而且,都是城里人买,乡下人谁稀罕这玩意儿。

约莫还剩四五杯了,我沉住了气。这时就见从医院门里走出一位青年妇女(一看就是城里人),个头不高,脸色苍白,满头是汗。走得很吃力,手撑着腰,肚子不是很大,但是很累的样子。

她发现了我,不,是酸枣。两眼放光,一步抢上来,端起小茶杯“一饮而尽”。一边在嘴里狂嚼,一边在裤兜里掏出一张皱巴巴、湿漉漉的1毛纸票儿塞给我。她连枣核都不吐,直接咽下,两眼闪着泪光。最后,她又双手掏兜儿,空空如也。无奈地舔了舔嘴唇,转身离去。

看着她凄凉的背影,按了按瘪下去的书包,我高声喊道:“婶儿!这些枣儿都给你!”

八 月 梨

极喜欢河南的一首乡村童谣：

篮里装的啥？
篮里装的杏。
让俺吃点吧？
吃吃老牙硬。
后头跟的谁？
跟的俺媳妇。
那咋恁好啊？
那是俺的命。

乡谚俚曲，用的却是《诗经》的比兴手法，一问一答，妙趣横生。篮里装几颗破杏看把个熊孩子能的。也难怪，杏的青涩酸甜正是青春情爱的象征。可既是童谣，又怎么会扯上媳妇呢？明末清初戏曲家李渔在《闲情偶记》中说“树性淫者，莫过于杏”，称杏树为“风流树”。于是乎，前边说杏，后面谈情，这两厢还是蛮搭的。

本篇说梨，却聊了半天杏。这也充分暗合了红杏喜欢出墙串门儿的性格。其实呢，杏也好，梨也罢，都算得上庄户人的至密亲朋。乡土文学中，说个什么事总喜欢先拿身边的植物开头儿。“樱桃好吃树难栽，小曲好唱口难开”“红瓤子西瓜绿皮包，妹妹的话儿我忘不了”。因此上，说梨聊杏，不算跑偏。

本篇说梨，我真说不出个子丑寅卯。因为，我生活在大马村那会儿村里就没有梨树。抑或说，我就没见过梨树。但我吃过梨，而且清楚地知道梨生长在8月。起码每年的八月十五，明月升起之时，我会分到一块“自来红”的月饼，一只大鸭梨，一把海棠果。而吃的顺序是：先消灭海棠果，之后，一口月饼一口梨，合而吞之。

月饼吃不完可剩下慢享，梨却要一口气吃完。吃不完宁可烂掉也不能与人分食，因有犯“分离”的谐音。大马村的老话说：两人吃梨不好介！

于是，这些美食果品，明月一般一直闪耀在我的岁月长河里，波光粼粼。当然，也时常把我弄得泪光闪闪。

关于我们家乡的梨，房山老作家董华曾有专章论述《京西的三种梨》，本文辑要一二。

他说，京西的梨，主要有三种：杜梨、白梨、酸梨。

一、杜梨。京西乡土也称“杜梨子”，为原生野树，适应性强，肥田、窄地、山坡塄均可一见。杜梨果实和大个的山里红差不多，颜色土黄，味道艮而涩。

记得大马村东边大渠边上有一棵高大的杜梨树。采下的果实放在开水里煮一会儿，也凑合着吃。咋说也是水果嘛。

从董华的文章中得知，这不起眼的杜梨树竟然是果木之林的“王”。梨树系统中包括苹果、槟子、海棠、沙果等，全是通过它嫁接而成。好滋味，源于它的母体“发酵”。真是人不可貌相，果不可味量。

二、京白梨。籍贯北京，冠“京”字头的果品，它是唯一。这梨，扁圆形，短把儿，汁多，甜。果皮始为黄绿，日后变黄白。果面平滑有蜡质光泽，果点似秤星，稀少。肉质粗而脆，易溶于口，香甜宜人。个头大，一般小的二三两，大的一只在半斤以上。成熟之际，极品果蔬上交国家。周总理设国宴招待天下来宾之时，就是咱京白梨露脸之日。

三、酸梨。学名叫“安梨”。果不大，生时吃木头渣子似的。只有在谷仓里捂上一段时间，方得美味。酸里有甜，酸里有香，掉了牙齿的老人喜欢吃，穿开裆裤的小孩也喜欢吃，最后连果核都剩不下。

“梨花开，春带雨；梨花落，春入泥。此生只为一人去，道他君王情也痴。”这是梨园名家李胜素大雅之堂的吟唱。“桃花开，杏花谢，谁给梨花做满月。”这是乡间百姓的口中民谣。

一枝一叶总关情，一花一果寄情思。

那年秋天，我离京赴疆，在北京火车站与送我的哥哥话别。

老式绿皮车，窗门向上能开启。我里他外，不知该说些什么。自小一个炕上滚大的农家孩子，到了这节骨眼儿，哪会表达感情？见小桌上有一兜儿亲友送的水果，就随手掏出一只递给他，竟是个大鸭梨。

车动了，才觉原来我俩的心上都拴着绳子。车走绳紧，顿觉心肝肺都被扽了去，疼痛得几乎昏过去。

我失声大哭，泪如泼水，探身挥手向追着车跑的哥哥道别。蒙眬中，但见他猛然停住，一抬手把那只鸭梨愤然地摔向了站台……

九月柿子红了皮

树熟三篇终于到了收官篇了。但是,一脸的懵。

不兜圈子了,还是这几句:我生活在大马村那会儿村里就没有柿子树,抑或说,我就没见过柿子树。

这是真话。

“文化大革命”伴随我的幼年、童年、少年。那时割资本主义尾巴,村里也就没人敢种这种脑满肠肥的“罪恶”果树。村里只有些根正苗红、老实巴交、贫下中农型的杨槐榆柳。当然也有生长歪瓜裂枣的枣树,品行不端、经常出墙的杏树和“树下埋死人”的李子树,成分都不太高,“三脚踹不出个屁”地苟且偷生在大马村的犄角旮旯。

俗话说,没吃过猪肉,还没见过猪跑?

我虽没见过柿子树,可我确实吃了不少柿子。生的、熟的,青的、红的,硬的、软的,热的、冻的……这些柿子大都是我们村去山里人用拉脚的马车、拖拉机带回来的。稍大，我才知道我们房山是著名的“磨盘柿之乡”。

这些车往山里头跑，拉煤，拉编筐的荆条，拉盖房的椽子，拉做棺材的板子，顺便也拉点山货——那些漫山遍野，或悬挂枝头，或萎落大地的“一兜蜜”。

中国唯一一部反映赶大车题材的电影《青松岭》中，“钱广赶大车为我捎点货”说的就是这种情形。虽说那是在割资本主义尾巴的肃杀时节，按电影中老钱的话讲：“要说资本主义嘛，谁还不都有点儿！”

我可不管什么主义不主义，只要有柿子，管它什么生熟青红，对付这些我有的是主意。

青柿子，生涩难吃。有办法。或在皮上划几道浅口，塞进几粒生花椒，埋进麦子囤，捂它几天；或者直接扔进灶台旁的“温坛”里，泡它两宿。

冻柿子，冰冷扎牙。甭温甭暖，带着冰碴子一口气把它吸了。结结实实打个冷战，那叫一个痛快！

雍容饱胀的柿子堪称水果界的饱学儒士，浑身充满哲学，教会了我许多东西。

听那些赶车的人说，山里人摘柿子不全摘光，总在树梢头留几只给老鸹们。人不忘鸟，这是我最早接受人与环境和谐发展的生态启蒙。

“老太太吃柿子专拣软的捏！”这是我最早接受的乡村版“丛林法则”。

“胳肢窝夹柿子——没你这么懒(溇)的！”这是和“樱桃好吃树难栽,幸福生活等不来”有一拼的大马村物语。

柿子红了,于啥季节呢？民谚:七月枣,八月梨,九月柿子红了皮。按公历来算,是10月末。

柿子红,红在了树枝,红在了窗台,红在了屋顶。柿子进家门,大部分晾房顶,窗台摆一溜儿。立时,祥光绕屋宅,瑞霭环庭宇。

最难忘,放学归来,站在山坡上放眼大马村。家家屋顶红色的蒸腾(有的晾晒的是蒸熟切条儿的红薯干)、村落飘浮的安谧,人间朴朴实实的美使我身轻似纸,心丸赛仙。

值得一提的是,那时的民居多是歇山挑脊的平房。站在高处,屋脊似风吹水面层层浪,随便在上面晾晒点什么都能构成一幅赏心悦目的农民画儿。而现在,家乡的二哥说:“平房没有了,都盖成小楼喽！”

唉！没有了屋脊起伏的乡村,那孩子们脱落的上牙(家乡风俗,小孩儿换牙,上牙掉了扔房顶,下牙掉了放门墩儿)扔到哪儿去？叫春的猫儿趴到哪儿去？红红的丹柿或者红薯干儿晾晒到哪儿去？

咳！乡村应该与人一样,都有其发展的宿命。如此说来,我这又操的是哪门子闲心！

第五辑　金色流年

肥　　年

引　　子

那一年大马村的年景不错，年终决算，一个工分居然能核算上5毛5分钱——全村家家分红，户户得利，只有我们家举家忧愁。我们非但没分到1分钱，反欠生产队30多块，原因是我们家的工分太少。

现在的年轻人很难弄明白这到底是怎样一笔账。

作为生产队的社员，一年中我们要分得生产队的许多粮食蔬菜——玉米、小麦、高粱、谷子、黍子、白薯、倭瓜、西葫芦、大白菜，等等。分这些东西的时候是白给，可年终决算要靠工分抵消。

我们家劳动力少。我和两个哥哥，弟兄仨一个上初三、一个上初二、一个上初一，劳动力只有妈妈一个人，而且体弱多病出工少。

我爸呢？哦，忘说了，他在遥远的新疆工作。

我妈好不容易找到一个工分多余的本家亲戚，向他们借了60多分，抵平了生产队的欠账。虽说那时允许这么干，但毕竟也是欠下了账。正当我们发愁今后的日子该怎么过时,年关来了。

一

年是一种休眠动物,每年自正月十五之后,沉沉睡去;历经春夏秋冬,临近第二年的除夕又渐渐醒来。唤醒年的方式有很多种。腊月的某一天,不知谁家的熊孩子,翻捡出陈年旧月的一支鞭炮点燃,“砰!”的一声,像是民歌手用“美声”喊了那么一嗓子,全村人为之一振——呀,快过年了!

是的,年是被各种各样的声音唤醒的,而绝不是别的什么。

尽管流行于京城的那首歌谣——“二十三,糖瓜粘;二十四,扫房日”等强化的是“新年倒计时”的各种行为动作,但是,这首吟诵于儿童口中的童谣,呼唤着人们对新年的美好期盼。

是的,唤醒新年意识于儿童来说是鞭炮声,于老人是祝福声,于家家户户是排山倒海的剁馅儿声,于大马村则是流动商贩的叫卖声。

你就听吧!一进腊月,来自河北省的(被村民唤作“南边儿的”)各类小商贩轮番登场——卖白菜大葱的、卖粉条的、卖土烟叶的。这些商贩格外狡黠。卖粉条的“抽条”!自带锅灶,现抽现煮,查质验货。可往往买回家的与现场品尝的差异较大。卖烟叶的“插翎儿”!把好烟叶混到败叶之中。卖菜的“放哨子”!大车未到,先派一人单车独骑,象征性地带一些菜,来到村中叫卖,且要价极高。遭一通辱骂之后赶往下一个村。等大车到来，低于之前售卖价格，村人顿觉捡了便宜，其实一点儿都不便宜。换大米的、卖砂盅子（砂锅）的、卖炕席的、卖笸箩簸箕的、卖绛篷（一种用秸秆皮与麦草编制的蒸年糕专用的锅盖，形似清朝官员的顶子）的、卖窗花的、卖耗子屎的、卖窜天猴儿的——这原本是放置在床底下，点燃冒浓烟，用来熏蟑螂、臭虫的小泥丸儿，却被塞上火药，成为土花炮——“蹿天猴儿，蹿天猴儿，白天一溜烟，晚上大火球”。一声声吆喝，冲击着买不起正规花炮的我等穷孩子们。卖胭脂的，极小的一个纸包，小心打开，里面一小撮儿泛着五彩光泽的细粉，用水澥开，它就会变成极浓艳的红水。手巧的农人把已经干硬的老南瓜把儿切下来，用粗针雕刻出双喜字，形成一枚印章，粘上胭脂红，戳在出锅的馒头、年糕上。一只只撒满红色印章的年糕馒头，就是一封封通往新年的通行证、介绍信、合格书！

上述种种，城里人可以三五成群，流连街市，愉悦选购。而在大马村，却如吃日本自助餐一样，商贩流动眼前，村民坐等挑选。声声呐喊，富裕人家欣喜若狂，贫困之户清苦凄惶。

上述种种，许多人称之为“年味儿”。对此，我不以为然。这是一种极为文学化的表述。年怎么会只是味觉的概念呢？味觉只是弥泛于口腔，而听觉则可回旋脑际，唤醒心灵。

上述种种，大都与我家无关。我们无钱购买。连续几年的家中事件：奶奶去世，盖新房子等，已使得远在新疆的父亲负债累累。为此，我们做好了过一个“素年”的准备。

大白菜尚有几棵，白面也有半袋，年糕已经蒸好，屋子打扫干净，黑旧的炕席已用胰子水擦白，泛黄的主席像已被妈妈擦亮，破损的窗户纸也被我用作业本纸补齐，窗花自剪，衣物洗净，鞋洞补好；豆腐、粉条是用老玉米到生产队换的，鞭炮是用我卖废品的钱买了一挂100响的，鱼也有两条，是我二哥在东河沿的冰层下捕获的。最遗憾的是没有肉！但我们有两瓶花生油，这是我妈“盗花生”磨的……

正当我们全家同仇敌忾地准备与新年拼个你死我活的时候，唤醒我家的声音响起了——村里的大喇叭正在反复播送：“杨祥（我哥），杨祥，听到广播后，赶快到大队部取汇款单！”

二

我爸寄钱来了，15元整！

当我把那张墨绿色的汇款单（汇款单的样式好像几十年都不曾变过，我对此珍爱至极。前些日子某杂志社与我商量今后用微信支付稿酬，被我断然拒绝。他们说传统汇款太慢，我说慢就慢！）贴在心口拿到家中时，邻居二秃子的妈妈已坐到我家炕头抹着眼泪。不用说，这是听到我爸汇款后来借钱的。二秃子家孩子多，比我家还贫困寒酸。我妈在了解到钱款数额后，果断做出决定：借给他们5块钱！

第二天寒风呼啸。天刚麻麻亮，我与哥哥、二秃子三人赶往5公里外的良乡镇。大家兴奋异常，丝毫不觉得冷。几乎是一路欢跳地前行。进得镇里，我们兵分两路，我哥去取钱，我和二秃子先到位于镇东北角的修造厂肉食品门市部去排队——只有在这里才可买到厚达五指的肥肉。

肥肉，8毛钱一斤。我家买了5斤(好大一块!)，二秃子家买了3斤。接着，兴冲冲“杀进”镇里，就像到了印度大城市——“猛买”！在农贸市场买糖果、瓜子、海带、茶叶、茶碗，在新华书店买年画儿、主席像和杨家将故事“小四扇儿”，在“大角”买鞭炮。一挂200响的小铁杆儿，4个二踢脚，1个麻雷子。二秃子也是收获满满。最终我们还把剩余的2块钱交还妈妈。

那时的钱可真值钱呀!

年三十儿——丰盛的家宴：肉馅饺子，荤素菜肴；愉快的活动：放炮，点灯笼，守岁熬夜，我们一家开心无比!

大年初一一大早，二秃子带着4个弟妹来给我妈磕头拜年。我妈给了他2毛钱压岁钱……

尾　声

年后，我们收到爸爸的信。信中没提过年的事儿，只是东拉西扯地说了一大堆别的，只在末尾极随意地提了一句：“你们的年过得好吧?”

多年之后，我才体味到父亲的心境。可当时“少年不知愁滋味”的我，给父亲回信的头一句便兴冲冲地说：

“爸，今年我们过了个肥年！”

年 夜 饭

大马村的年夜饭并不真的在夜里吃，差不多都是下午三四点钟就开始了。

当我“肉醉”晕头推开房门，奋力咳出卡在喉咙中的鱼刺时，泪眼蒙眬地扭头看到夕阳已经沉落到西院王四奶奶家西南角的枣树上。

这一年，我家的年夜饭格外丰盛。有肉、有鸡还有鱼。肉，是腊月二十八，家里接到我爸从新疆寄来的10块钱——（半夜排队）买的；鸡是一只进入更年期且患有重度抑郁症的老母鸡（不产蛋）——宰的；鱼嘛，是我们从南河沟子里——摸的。

应该这么说，我们家的鱼是真鱼，就是不太正经。

那年月，村人眼中的正经鱼，就是邻村果各庄国营供销社中凭票供应的海鲜：“狗屎黄”的黄花鱼和“菜刀寒”的带鱼。

带鱼瞪着两只装傻充愣的大眼睛，身材挺直如锋利的宝剑，寒光闪闪地剐蹭着我们这些贫困人家的心。最可气的是，它们被草绳捆住，吊在自行车的车把上，随车游弋于大街小巷，趾高气扬，跟活的一样。

我们家的鱼，活的，是正儿八经的河鲜。

年前的一天，我和二哥去邻村张庄换面（用麦子磨面等不及，就直接用麦子换磨好的面粉，麸皮等都折合在内）回来的时候抄近道跨越南河沟儿时，猛然发现这条入冬即干涸的小河，岸边一棵大柳树的根部居然有一个很大的洞，洞中居然有水，水中居然有鱼，鱼居然很多、很大，我的天哪！

上前近视，潭不大，积水澄澈。“潭中鱼可十许头，皆若空游无所依”。见我来，并不慌乱，远房亲戚般羞涩地看着我。正当我纠结咋样把它们迎接出来时，一回头，我二哥已经脱下棉裤，趟入水中。

那些鱼可能对这坑前途黯淡的清水早就失去信心，自杀式地没怎么反抗，束手就擒。2条大鲶鱼，4条鲫瓜子，还有几条老大不小、不三不四的杂鱼，原本用来装麸皮的面口袋成了鱼篓，有小半袋子（左邻右舍、二秃子家均有份儿）。

三十打兔子——有它过年，没它也过年。这说的是野猫儿，在生态良好如原始社会的当年，本不是什么稀罕物。而鱼就不一样了！

不只是“连年有余”这个口彩好，它还是那么地高贵与骄傲，悠游自在，与世无争。不像猪，泥淖相伴，秽草杂食；有别于鸡，争食斗胜，小肚鸡肠。鱼的出现，极大地提升了我家那桌“徐娘半老”年夜饭的“格局”。

白菜粉条、炖冻豆腐、凉拌海带、老母鸡汤、炸年糕、热豆包等统统摆在与炖鱼为中心的笸箩周围——我们家没有炕桌，只把大圆笸箩反扣在炕上。

一家人围坐一起，像同敲一面大鼓，每次伸手夹菜都惊心动魄——这都是常年不见或者年不常见的菜肴啊！它们与牙齿、舌头毫不纠缠，与喉咙擦肩而过，一头扑进五脏六腑，像失散多年的亲人，紧密相拥，喜极而泣。

我家的炖鱼是正儿八经的纯炖鱼，绝无掺杂。我清楚地知道那些耀武扬威地买了带鱼的人家，那几条可怜的带鱼想独善其身，门儿都没有。与它们相伴的常常是半锅豆腐或者切成薄片儿的咸菜疙瘩。要想获得更多鲜香的海味，只能这么掺和。而这种“混搭销售、借位增粉”的伎俩，却是40年前庄户人家玩剩下的。

实话实说，这顿大鱼大肉近乎奢侈的年夜饭，并非想象中的美好，并没把我的灵魂吃出窍。相反，我却格外安分守己。针对这一状况，我娘一针见血地指出：“自打一进腊月，你就跟条饿狼一样地胡吃海塞！”

嘻嘻，真的耶！

年糕刚蒸得，狼吞一块，差点被噎死；豆包馅儿刚“糗”好，虎咽一碗；生嚼了几条发好的海带；啃食过几块冻豆腐；用手指偷挖过一大疙瘩炼好的猪油，外加一大把油渣儿；炒花生抓一把，炒瓜子盛一兜儿；用老玉米换的一小捆粉条，到年三十已剩不到半捆……

咳出鱼刺，回到屋中，我一头扎到炕上酣然睡去。

对于一个孩子来说，过年的幸福真就不是那一桌丰盛的年夜饭，而是每天孩子的嘴不闲着，总有东西可嗅、可嚼、可吞咽。说到底，孩子是用嘴感知世界的。

收拾完家伙碗筷，我娘就准备包大年初一的饺子了。哦，对了，大马村的习俗，三十儿吃米饭或烙饼，大年初一才吃饺子。

要包饺子先拌馅儿，猪肉白菜是神品。

猪肉也包括猪肥油炼出来的油渣子。那年月，买猪肉讲究五指膘而非五花肉，为的就是能多出荤油与油渣（尽管被我偷吃许多，但在我娘的严防死守下，尚有余存）；白菜是邻村南上岗出的小青口。这种菜体形修长，外表看灰头土脸，实则鲜嫩多汁。

一切准备就绪，声势浩大的剁饺子馅儿节目就上演了。

老舍在小说《正红旗下》中写道："街上，祭神的花炮逐渐多起来。胡同里，每家都在剁饺子馅儿，响成一片。赶到花炮与剁饺子馅的声响汇合起来，就有如万马奔腾，狂潮怒吼……连最顽强的大狗也颤抖不已，不敢轻易出声。"

甭问了，看来这剁饺子馅儿却是咱老北京（无论城里乡下）的一景儿。

忽然想起,近年来,为了恢复古都风貌,咱们的建筑师、艺术家没少费劲儿。胡同整旧如旧,叫卖吆喝成了民俗表演。我在想,有哪位行为艺术家,能在整条胡同里再现一下这被老舍赞为万马奔腾、狂潮怒吼的"剁馅儿大戏",该是多么撼人心魄呀!

我就是被左邻右舍和家中排山倒海般的剁饺子馅儿声吵醒的。

一睁眼,透过玻璃窗看到夜色早已降临。几只鲜艳的"小火球"忽忽悠悠地飘进院子。这是小伙伴儿二春、刚子、陆三儿和大利子他们挑着灯笼找我来了。

我一挺身从炕上蹿起,一场"囚禁终生记忆"的年终守岁游戏开始了!

守　岁

引　子

从手机上看到，某著名作家发出一个非常有趣的倡议：呼吁有关部门出面，能否把春节联欢晚会向前或者向后移动一天，留出三十晚上专门用来守岁。

也是在手机上看到，不久前，“春晚”首创者黄一鹤先生驾鹤西归，广大网友争相悼念。

赞美中国文人有句话叫：风俗因君厚，文章到老纯。我觉得起码前一句安放到黄老先生身上是非常适当的。可不嘛，延续千年的除夕守岁习俗，愣是被黄先生开创的以相声小品、魔术杂技、评书笑话、歌舞弹唱为主的“春晚”所取代，而且逐步演变成新民俗，现在看来，这到底是件好事还是坏事？可真就不容易掰扯清楚了。

好了，甭管咋说，如今“春晚”已成国家名片，咱们接着聊在尚无“春晚”的年代里，一个乡村少年是怎么守岁过年的吧。

一

话说我吃过年夜饭，“肉醉”晕头趴在炕上酣然睡去。

那叫一个香啊！

这是一个除了吃喝玩乐没有什么正经事儿可干的时节；

这是一个没有任何假期作业负担的年代；

这是一个很容易被几块肉、几块糖、几个鞭炮撂翻的年纪。

我的睡姿或四仰八叉，或五体投地，这是吃饱喝足的睡法。似乎只有这种伸展平摊，才可让一肚子油水充分融进五脏六腑。若是饥肠辘辘，只会缩做一团的。

傍晚时分，我被此起彼伏的剁饺子馅儿声唤醒。翻身坐起，浑身懒洋洋的，脸蛋发烧（可能还印有炕席的花纹）。在农村，孩子脸发烧是积食的症状。在那个缺盐少油的年代，这样的红晕大多在过年时发生。

这天的炕烧得格外热乎，火炉赤焰炎炎，火苗腾起老高。因为，这天烧的都是大安山煤矿出产的上好煤块儿。而平时烧的都是“一锨黄土兑三锨煤末”搅拌摊开晾干的煤饼——也叫“煤煎饼”（简称煤煎儿）。是呀，过年了，炉火也得吃顿正儿八经的年夜饭不是？

忽然想起，妈妈交代的要贴春联，遂精神为之一振。

三十晚上贴春联是我们家的传统。

据妈妈说，爷爷在世的时候，都是这时候贴。而三十白天爷爷都要到良乡去赶“穷汉子集”。早在几天前，他就将家里黄花烟的烟梗子（烟叶早已抽完）上碾子压碎，过箩；之后喷上一口酒，用袋子包好埋到粮食柜里发酵，单等三十这天拿到集上去卖。

所谓穷汉子集，顾名思义，就是家境贫寒的人去赶的集，这是一年中的最后一个集。每年的大年三十，人们要把还没卖出去的农副产品卖出去，一般价格都会比以往便宜。而许多穷人家也会因为家境贫寒缺钱才在最后一天去买便宜年货。歌剧《白毛女》中杨白劳卖豆腐买红头绳说的就是这种情况。

从集上回来，吃年夜饭，喝一口酒，之后蒙头大睡，天擦黑儿起来，我妈举着煤油灯，爷俩儿贴对子——门框、猪圈、水缸，灶台、粮囤、耳房等，一路挂红，登时小院熠熠生辉。

我问妈：“爷爷和你都不识字，怎么分得清上下联和啥位置贴啥内容？”

妈说：“爷爷让写字先生按顺序摞好，卷好。之后，小心翼翼地依次严格张贴，准‘没跑儿’（错不了）！”

光阴荏苒，这一家俗一直延续到今天。现在，每到年三十我都要带上儿子或上街购买或劳人撰写春联，赶在午夜之前张贴。而且，儿子必须参与。楼道里有灯，不必举油灯、打手电，但是一定要他拿糨糊、撕胶带、递条幅。我相信，将来他也会带着自己的孩子这么做的。传承家俗，是每一个当父亲的责任！

话题既然赶到这儿，索性就多啰嗦几句。

贴春联应该是现如今新春佳节硕果仅存的风俗。您看，饺子随时可吃，鞭炮遇喜就放，新衣天天都穿，酒肉想吃就吃，都很普遍了。而唯独这春联只有过年才能贴。平常日子心血来潮，贴幅红春联吧（并非指文人的吟诗作对），村人必会赞美其曰：抽风！

二

我妈叫我贴春联，其实是让我张贴对子、年画儿、窗花儿等一系列装饰物。

说实话，自打一进入腊月，我的嘴就没闲着，手也没闲着。推碾子磨面、赶集采购、买菜割肉、扫房除旧。特别是二十四扫房日那天，我和哥哥几乎变成城隍庙里的小鬼儿。从屋顶扫落的尘土钻进我们的眼耳口鼻，好些天吐痰成泥球，呼吸生腥味，眼红带血丝，但一切都是值得的。打量住了十几年的老屋子，此时已光鲜一新。屋顶的苇篷（俗称“盖笆”）、檩条、椽子、房坨都露出本色花纹儿；墙壁粉刷得四白落地；屋中几件陈旧家具包浆泛新；新糊的窗户纸（道林纸）在傍晚暗蓝色天空的映衬下，真个是“白格生生”。闻着醉人的肉菜香，听着铿锵的剁馅儿声和零星的放炮声，想着夜晚的游戏，憧憬着明天的拜年（或许能收获压岁钱）、穿新衣、穿新鞋、放鞭炮、吃饺子、含糖果、听吉祥话儿……我的天啊！这哪里是过年啊，这简直是在做梦啊！

骨瘦如柴的童年哪消化得了这等大密度、超强度、高甜度的美好？这要待时光的浪潮涤荡稀释，在不惑之年反刍这份甜蜜，感知童年囚禁佳梦，岁月馈我良多。

我不知道这些童年记事何以被称为忆旧。这些散发着花蕊气息、初瞳视角、晨阳光泽的儿时往事何“旧”之有？扯臊！

三

夜幕降临，院子里忽然飘进几只五色斑斓的“火球儿”。哈哈，是小伙伴二春、刚子、老全子他们打着灯笼找我玩儿来了。

趁着人多，我要开启“守岁之旅”的第一步——贴年画儿。

这是我过年最爱干的一件事。我自小文弱，不喜欢燃花放炮，因不免心惊肉跳，只喜欢张灯结彩，粉饰陋屋；闻油墨的芳香，读引人的故事，赏精美的绘画。在张贴的年画当中，除每家必挂的单张主席像外，我极欣赏有着连环画性质、被村民称之为“小四扇儿”的画作。其中，既有八大样板戏的剧照年画，也有古典故事的工笔画作：《穆桂英大破天门阵》《大闹天宫》《武松打虎》《岳家小将》《宝莲灯》《群英会》，等等。在买不起小人书的年代，仅凭这些连环年画，我张家看“水浒”、李家读“聊斋”，左邻观“东周”、右舍望“西厢”，依然能大饱眼福。

年画是仅次于春联的新春喜庆符号，再困难的人家也都会买上几张的。年长之后才知道，这些画作均出自大师之手：刘继卣、王叔晖、任率英、华三川……如此说来，贫穷的大马村每家每户都是一个小型美术馆。因此，说我的童年时期营养不良，羸弱不堪，我一百个同意；说精神生活枯燥乏味，我很难认同。相比现如今的快餐文化，我那时可都是结结实实的“五谷杂粮”，将我们的精神滋养得虎头虎脑。

守岁第二步：提灯夜游！

这是一种廉价的传统灯笼。皱纹纸折叠而成。底托中间是一个薄铁片做的蜡烛台。点燃蜡烛，先滴上几滴蜡油，再将小蜡烛“焊”在上面，再将四周的铁片掰起固定住蜡烛。之后，一手拉提梁，一手拽灯穗，将灯笼小心翼翼慢慢拉开。

灯笼是渲染农村儿童前途的一个隐喻。它朦胧似梦幻，寥落似星辰。挑着这只小灯笼，我们就成了小萤火虫儿或深海中自由发光的水母，东游西荡，哪儿黑往哪儿钻！猪圈、茅房、鸡窝、狗洞、煤棚、耳房……过年了，也让这些黑暗的所在感受到光的温暖。看完院里再跑到街上。将以往夜幕降临之后疑神疑鬼的角落都照一照；把走夜路时不敢直视的地方都晃一晃，灯笼给了我们无穷的胆量与希望。大马村金丝绒般漆黑的夜幕被这些小灯笼烫得千疮百孔。

守岁第三步：熬夜！

午夜放完鞭炮（一挂200响的小鞭儿），我们都回到家中进入除夕的神圣时刻——熬夜守岁！

坐在火热的炕上，妈妈安详地包着饺子。妈妈不会讲故事，她只是默默地操劳着。(今天我才领悟到，她用勤劳演绎的故事够我回味一辈子)没有电视，没有“春晚”，家中的一个破损的半导体中正在欢快地播放着评剧《刘巧儿》；两个哥哥用一副缺张断页的扑克牌玩着接龙；我兴奋异常地把年画看了又看，读了又读。

此时的家中灯火通明，妈妈在没有安装电灯的里间屋、小耳房里都放上了煤油灯。除夕之夜的农家如朴实的村民，通透明亮。就在这万家灯火亮丽辉煌的时刻，疯玩了一夜的我甜蜜地睡着了。

尾　　声

哦，守岁！是静候时光的流逝，还是抵御岁月的消亡？都不是。岁月如斯，一个积贫积弱的农村少年又怎能守得住？既然守不住，那就发挥儿童的天性，在每一个过往的日子上涂鸦留痕，以使得步入知天命之年的我，回首往昔，如历昨天。

那句话怎么说来着：岁月不饶人，我们又岂能轻饶了岁月！

第六辑　岁月诗章

致老师

——内地同学30年聚会有感

没见到你之前，我猜想：
这次再不会抬着头看你了吧？
因为你肯定老了，矮了；
而如今的我长大了，长高了。
可是，直到站到你身旁才发现：
你依然高大得让我仰视才见。

没见到你之前，我猜想：
这次用不着害怕见到你了吧？
因为我再不会因为没做完你布置的作业题而胆战心惊。
可是，直到看到你慈祥的笑容我才发现：
你给我布置的人生这个作业，我完成得并不好。

没见到你之前，我猜想：

这次你不会再让我去请家长了吧？

因为，如今我也为人父啦。

可是，直到看到你满头的白发我才发现：

我是多么需要一位家长。

是的，我发现：

年近半百的我比小时候更需要一位父亲或者母亲。

老师呀！

依偎在你身旁我才像个孩子，

有你看护我的童年，

我就永远不会老去。

致同学

——为同学30年聚会而作

说好的，见了面谁也不许哭。

结果，那天大家都在笑，可我知道，其实在心里，大家都在哭。

搞不懂，小时候日子多苦啊，可为什么我们只知道傻笑疯玩，就不知道哭？

而如今，年近半百，生活富足，儿孙绕膝，该知足了吧，可不知咋的，心里却总是酸楚，想哭。

30多年了！

心中淤积了多少苦涩，可又能哭给谁呢？

父母吗？

他们一辈子含辛茹苦，再不能给他们添堵；或许，他们已经离去。

儿女吗？

他们有他们的生活，再说，他们能理解我们的心吗？

这一肚子的苦水只想倒给你呀,

我的同病相怜、情同手足的同学!

没有哭声的童年与没有笑声的晚年都让人感到难过。

小时不哭,是因为少年不识愁滋味;

老年不笑,是别有忧愁在心头。

其实,又有什么呢?

难道,我们想做那棵大树——欢乐我不笑,痛苦我不哭?

其实,又有什么呢?

难道,真的有泪往心里流,直到如鲠在喉?

我没参加聚会,但是我哭了。

戈壁的雨听到了,沙漠的风听到了,它们劝我说:

别信男儿有泪不轻弹,该哭就哭!

我希望,下次聚会时,有同学走到我面前说:

喂,同学,能借你的肩膀用用吗?

——因为我想哭!

第七辑　乡村物语

乡村物语

开场白:关于大马村,我一口气写了30多篇文章。按理说,对于一个弹丸小村的回忆也差不多了。但我心里还是空落落的,觉得还远没有写出我心中这个小村庄的皮毛。就是说,根本没有碰触到筋骨,探索到精髓,心里还有一大堆东西没写。可糟糕的是,又根本写不出来了。

许多人弄不清楚这类忆旧文章的写作规律。以为只要写老东西、旧事物就行了。于是,一些儿时伙伴、少年同学就不断地提醒我,你把那棵老树写写、把那盘老井说说。其实,写过去的目的无非就是映射现实。我如果想不清楚当年那些老人老物老事在今天生活中的投影和影响,寻找不到这些过往在今天现实生活中的意义,就根本下不了笔。说句冠冕堂皇的话就是:历史照不进现实,那,写它何用?

关于大马村,有些事写成了文章,还有更多的记忆萦绕在脑海怎么也赶不走——抹不净的几件农事、几句俚语、几顿粗茶淡饭、几段闲话等,就只好归堆、打包,拉拉杂杂想起什么写什么了,是为记。

土里刨食

庄稼人把一切有关收获的农事统称为“刨”。但具体叫法又不一样:砍玉米秸,说“招”;收玉米棒,说“掰”;收高粱,说“扦”;收黍子,说“找”;谷子上场,下一工序说“掐”;收棉花,说“摘”;收麦子,说“割”或“拔”;收芝麻,说“杀”;收白菜、萝卜,说“砍”,说“起”……每一种收获,都隐含着流汗情节,都牵连着农民的不同情愫。

大　　场

大场也叫打谷场、打麦场、场院。

大场是村庄盈亏的晴雨表,五谷丰登的大舞台,更是我们村的“村民广场”。

村民大都围场而居,有事没事喜欢到场院扎堆儿唠嗑——畅谈国家大事,传递村社舆情,闲聊家长里短,交流周边信息。

大马村大队分东西两个生产队,各自都有自己的场院。《辞海》为“场”做解:平坦的空地,多指农家翻晒粮食及脱粒的地方。因此,大场选址在无砂砾,空旷、敞亮,排水条件好的所在。

建造打麦场谓之“打场”,且有未曾打场先杠场之说。经了一冬一春闲，雨雪后车轮碾轧，堆物、积肥，打谷场已一片憔容。麦收临近，头宗要事即为“杠场”。

杠场操作工序：(1)泼场。用清水将整个场泼遍。(2)耪场。十几把大锄将地面耪松软了。(3)轧场。上铺滑秸（麦秸）用碌碡轧平、轧实，直至光滑如镜。杠场目的是把沙土压下去，打出来的粮食干净。

场上使用的农用器具不下几十种：大型的有碌碡、扭轴、铡刀、囤圈、抢杈、扇车；小型的有木锨、三股杈、四股杈、沙耙、大小撞板、竹扫帚、杪扫帚、大眼筛、细筛、笸箩、簸箕、抬筐、大绳、绞根、砘子、混子、水缸、磨刀石等传统农器具，还不算上现代的电动机械：脱粒机、粉碎机、扬场机等。小孩子放了学最爱往大场钻，看着农人们各操一种家什辛勤劳作，想说这不是传统教育都难。

三夏大忙　龙口夺粮

“三夏”，是夏收、夏种、夏管的简称，也是阴历四月（孟夏）、五月（仲夏）、六月（季夏）这三个月的合称。

“三夏”是一年中最忙的季节，从每年5月下旬开始，至6月中旬结束。此时，上年秋季播下的麦子成熟，需要抢时间收割，颗粒归仓。

抢场。哪个麦季都不会一帆风顺。麦季雨水多，都有抢场事情发生。

天有不测风云。麦子正午摊在场上，人们干得正欢，一阵狂风大作，传来几声闷雷。风是雨头，眼见西北天空黑成了锅底，闪电舞着金龙，乌云像飞奔野马卷过来。电闪雷鸣，场上的人赶紧收拾！抢杈、木锨、大小撞板交错，人人走路都带着小跑。场头——看场的老爷爷赶紧搬来了苫子；在家里的妇女，撂下吃奶的孩子，撂下喂猪的泔水盆，门都不锁，一个个颠颠儿地往大场跑。倾盆大雨中大家草帽被风刮跑了，雨衣被风撩开了，雨水直浇身体。湿衣服紧贴身上，头发打了绺儿，已无法分辨出是雨水还是汗水。为了夺粮，为了活口，庄稼人豁得出去。

打夜战。三夏大忙的季节是不分白天黑夜的。月白风清的夜晚是打麦的好时节。大场上挑起了电灯，亮如白昼。这哪是干活呀，简直是村里的狂欢节。场院里，人们欢声笑语。蚊虫绕灯狂舞，村民围机（脱粒机）忙转。小孩子们绕场欢闹。我们是有所图的。为了犒劳大家，生产队做了夜宵。养猪场的操作间改成大食堂，熬猪食的大铁锅刷干净下面条。社员自带碗筷（都是提前通知好的），排队打饭。我等小孩子混在人群中间，浑水摸鱼。没有碗筷——掐一片藕坑里的荷叶当碗，撅两根编筐的荆条当筷子。怯生生排队打饭，居然给我挑了一大碗（嘻嘻，打饭的是邻居我二婶儿）。兴冲冲抱着饭碗躲到墙根儿黑影里稀里呼噜、狼吞虎咽。这碗鸡蛋打卤过水荷叶面是我这辈子吃过的最香的面条，没有之一。

助战。自打三夏开始，村里的大喇叭就没消停过，整天儿哇啦哇啦，每天天不亮就响，播放村广播室那几张“破唱片”——京剧、评戏、河北梆子（许多已滑丝），外加张振富、耿莲凤和王洁实、谢莉斯的歌曲，翻来覆去地播放（我喜欢上戏剧就是从那时开始的）。当然了，广播的重要作用是：村长做麦收动员，三夏防火宣传，分派活计调遣，夺粮决心誓言。

我作为一名中学生，虽不能下地挥镰，在火热的龙口夺粮战斗中，也不甘落寞——写“顺口溜”鼓舞士气，积极参战！有几句至今记得：

王德林、杨德陆，
革命意志如钢柱。
全体社员齐努力，
誓将颗粒归仓库。

社员都是向阳花，
广阔天地飞彩霞。
暴风骤雨全不怕，
满头大汗战三夏！
（注：王、杨分别是东西两队队长。）

麦秸垛

麦收过后，大场的北边堆起了几个麦秸垛，胖墩墩的。这是阳光和汗水的结晶，是田野释放出的幸福的“饱嗝”。

麦垛的胸膛里装着童话。沿着“七月流火”的轨迹，从犁耧锄耙亲吻过的田野回归村庄，堆积成人间烟火。从壁虎的尾巴后拖出绿油油的春苗，到招来蜂引来蝶的杨花，从月光下蝈蝈们的吟唱里灌浆，到在麻雀们急不可待地吵闹中黄熟，麦垛浓缩着一个生动的季节，麦垛用丰满的形象阐述着一种意志和力量。麦垛被麦场上的欢声笑语分离出麦秸和麦粒。仓廪实了，面袋鼓了，弥漫着麦香的炊烟袅袅升起了。

像蛋（旦）

“像蛋”在我们村有着外乡人难以准确理解的含义，泛指装相、做作、矫情、夸张、迂腐、不入流、不随俗等许多模糊不清的思维方式和行为表现，和京剧里的旦角差不多，因此，也被称作“像旦”。

总之吧，被称作像蛋的人，在村民眼里都成了不可救药的异类和典型。有时，这个词就是一种情绪表达。那次，我借了街坊二叔的自行车去镇上办事，回来还车时，弓腰致谢。站在一旁的二婶儿看到了，扯着嗓子嚷道：“呦，还谢谢哪，还真像蛋！”

懈　　松

大马村人不懂得什么叫幽默，也不知道这个词儿，所以把村里说话风趣、处事随和，为人善良、友好，极易相处的人称作“懈松鬼”。这是相对于那些不苟言笑、严肃严谨、死性呆板的人说的，不是什么好词。一个人一旦被扣上“懈松”的帽子，在村里就不容易赢得村民的尊重。长辈训斥晚辈：有点儿正形，别这么懈懈松松的！

我上网查了一下这个词，果然就被解释为：松散、松弛、松懈，乃至——懈怠！把挺好一个人，活生生糟改成人见人嫌的异类。

那天，我见到邻居二婶儿教育大马村一个懈松鬼。那人骑在自行车上，双脚撑地认真听训。二婶儿说一句他点一下头，并不搭话。二婶儿急脾气，问道：“你倒是说话呀，光点头啥意思？”那懈松鬼开口说：“一点头是赞同您的说法；二点头是真心接受您的批评；三点头是感谢您的教诲，向您三鞠躬。”

如今我离乡多年，很难见到这样的人了。几年前的一个晚上，我见老婆一人坐在沙发上看电视笑得前仰后合，便也跟着看了一会儿。那档节目是个脱口秀，我看几位表演嘉宾风趣幽默，妙语连珠，不禁挑指赞叹：“真懈松！”

老　泰

村里的风俗，把兄弟姐妹中最小者叫“老”。不同年龄不同辈分的人们分别称呼他“老疙瘩”“老儿子”“老姑娘”“老兄弟”“老妹子”“老叔”“老姑”，等等。此外，村里对达到一定年龄、具有一定阅历和声望的人称为“老泰”。“泰”字相对于“老”字，发音又轻又短，如许老泰、张老泰、王老泰等。

“乡贤”李学义生命中最后的一首诗

我写了大马村许多文章，有些事是杜撰的，但有事实依据；有些人用的是化名，因为真名不敢用，怕人家跟我打官司。家乡父老很可爱，老是提醒我：“你说的那人姓××不姓××，呵呵。”这我当然知道。

这次不同，提到李学义，我不敢用化名，怕对他不敬。

李学义是我们大马村最有学问的人，不必说红白喜事记账那一笔周正的欧楷，也不提邻里纠纷大事化小的调节。总之，一提起他，村里人都服气，都觉得他有学问，可又都说不清他哪有学问。他是地地道道的农民，也下地干活，既不从事大队、生产队的文职工作（如会计、出纳、宣传员）之类，更不在小学校代课教书。说话不“懈松”，为人不“像蛋”。这样的人，在过去有个专用称谓叫“乡贤”或“伏地圣人”，我觉得非常贴切。

这是一个值得大书特书的人物，待今后闲暇专章记叙吧。今天，这里记述的是李学义生命中最后的一首诗。时间显示是在20世纪末的1998年2月1日。他在给我的信中提到他患了癌症，想做手术，但北京肿瘤医院说，难度较大，成功率只有40%。另外，即便手术相当成功，病人也只能存活1年。无奈，他转吃中药，据说3个疗程即可痊愈。关键是还真见效——体重增加，面色红润，他很开心。值此新春佳节之际，他欣然赋诗一首。

无题

疾患临身知天命，
不为劫难道不平。
福薄难逃瘟神掌，
寿长不进丰都城。
仙丹入腑驱邪疠，
笑语出唇吐雄风。
辞却无常迎新岁，
定攀耄耋数秋冬。

诗很工整，标准七言。以前年岁小，只知他有学问，不知到底如何。如今我人过中年，粗通格律，才知他的功底如此之深。

1999年春节（阳历2月），我老家二哥打来电话说李学义死了，刚过完60天。这样推算，也就是元旦前后走的。应该说那个中医也没说谎，虽没有像吹嘘的那样可痊愈，但和肿瘤医院医生所说的“即便手术成功也只能存活1年”相较，结果还算不错的。起码，免受了手术之苦。

李学义走了，大马村的老人陆陆续续都会走。但有点不同的是，李学义的一生值得研究。时下，曾有人士呼吁弘扬“乡贤文化”，助推乡村精神文明建设。广大乡村像李学义这类人物有很多很多。他们自身就是农民，而非生活在农村的知识分子。他们不脱离农村生活，又能使村民感受到文化的魅力，真正做到文化润村，李学义确实有着标本般的意义。

石　匠

大马村有三件宝：蚊子叮，虼蚤咬，晚上睡觉蛤蟆吵。据说，这是老石匠罗振中编的顺口溜。

大马村是个大村，所谓“大”，就是五行齐备、八作俱全，遇到大事小情不用对外求人。仅以盖房为例：瓦匠、木匠、笆匠、石匠等尽数所有。

我们村的石匠既不雕龙也不刻凤（估计也不会），但应付村民盖房绰绰有余。

打柱础。那时盖房讲究四梁八柱，有柱就得有柱础，俗称“磉盘”。“磉”念“sǎng”，大概意思是，古时够不着采桑叶，脚下垫的垫脚石，引申为柱下的石墩。打石板。将从山里拉回来的形状各异、薄厚不一的青石板全手工打制成房檐、窗台、台阶等盖板。檐口处有的还打了“卍”字、喜字、灯笼等花边，很喜兴。

这项活茬儿要叮叮当当好几天，必须在盖房动工前完成。否则，柱础还没打好，梁柱怎么立？

干活就在当街大马路边上干。拉石材的重车进不了院子，当然，也为不扰民。

我每天放学回来，把车停到院中就转身来到他们身边。我喜欢看手艺人干活。看他们围坐一圈，每人面对一块石板，用錾子与石头对话。石花儿有如刨花儿飞溅在身边。工地中间放置一个炭火炉，炭火通红，打钝了的铁錾子插在其中，随时敲打研磨，锋利如新。所以，石匠又干了铁匠的活儿。

叮叮当当一天，他们也有与人交流的需求。我更爱听他们颇老派而淳朴的语言。我一来就有人问我：“上几年级了？现在学的字儿（功课）深了吧？先生（老师）管得严吗？”我说：“严，急了打人呢！”罗振中说：“严点儿好，就像这石头，不打它怎么成器呢！”

满族及大马村的来历

我生长在大马村，书写着大马村，但我对大马村的历史一无所知。直到我读到房山区地方志专家、作家顾梦红先生著述的《房山村落文化》一书，才有所获。

书中说，大马村有清代道光、咸丰两朝重臣，文渊阁大学士兼都统耆英的墓葬。耆英早年曾在这里置田庄，庄户聚集形成一个小村。因此，大马村的满族人比较多。

我的天哪，记忆中破败荒芜的小村庄竟有清朝皇家背景，令我感到惶惑。

爱新觉罗·耆英(1787—1858)，字介春，隶满洲正蓝旗，多罗勇壮贝勒穆尔哈齐六世孙，嘉庆朝东阁大学士禄康之子。清朝宗室，大臣。耆英以荫生授宗人府主事，迁理事官，历官内阁学士，护军统领，内务府大臣，礼部、户部尚书，钦差大臣兼两广总督，文渊阁大学士。后因欺谩之迹，为王大臣弹劾，咸丰帝赐自尽。

耆英是中国近代史上首个不平等条约——《南京条约》签订的中方代表。

真想不到，大马村竟是这位权臣的葬身之地；真想不到，弹丸之地的大马村竟能与改变中国命运的宏大历史事件挂上边。

既然是耆英墓葬之地，那遗址在哪儿呢？小时候确实见到村西头有许多高大的土堆，村人都称之为大坟头子。那时，村人取煤土都喜欢挖掘大坟头的土，说是好烧。那当儿和煤讲究的是一锨黄土三锨煤沫，混合搅拌。后来，大坟头子被当作村里的“四类”挖掘平整掉了，出土了许多大制钱和大铁钉子，再没见到啥宝贝。那些制钱，小一点儿的被村里女孩子用在鸡毛毽子中，踢在空中，飞在身边，晃动在我的眼前。

大　　庙

房山区作家顾梦红先生在其著作《房山村落文化》中说道："山不在高，有寺则灵；寺不在大，有佛则名。旧时多数乡村都有庙宇，供奉的不仅有佛教的释迦如来和观音，还有关帝庙、龙王庙、娘娘庙等。甚至可以说，房山的每个村庄都与宗教有关。数以百计的寺庙出现在百花山麓、拒马河畔。不论是三进殿宇五重院落的辉煌古刹，还是简朴的山中小庵，也丝毫没有影响众多的善男信女虔诚地进香礼拜。"

大马村村东头也有一座古庙，不大，叫天元寺，村里人都叫它大庙。

天元寺是一座保存完好、历史悠久的古寺。寺院坐北朝南，三合院布局。山厅的石楣上刻楷书三字："天元寺"。正殿5间，清水脊，前出一步廊，红漆柱，花棂隔扇窗门。桑枋上绘有精致的人物彩画。殿内正面及两山墙布满佛像或佛教故事的壁画。殿中曾供奉过泥塑释迦、文殊菩萨、药师、阿弥陀佛和三世佛像，至今已荡然无存，是20世纪70年代初期毁坏的。

西稍间前廊下竖立"重修天元寺碑记"一碑。碑方首方座，碑首浮雕朵云，额篆双行竖刻"永垂不朽"。碑文记述了天元寺衰败与复兴的历史。碑阴面镌刻捐资人姓名和捐资数额。

东西配殿各三面，均为清水脊、前出一步廊。出廊的檩枋上绘有苏式彩画。左殿供娘娘,右殿供关圣帝(关羽),20世纪70年代初塑像被彻底毁坏了。院中有两株百余年柏树,枝繁叶茂。位于殿前墙根下,有一八角形倒在地上的经幢,因被土掩埋过半而不知其刻文内容。

在寺后的东北角有一口水井,是寺僧饮食的水源。村民相传此井水甘甜清醇,更有奇特的医治用途。旧时远近百里来此井求水之人甚多,凡所求者均能水到病除。

天元寺始建于何代,已无从考证。从现存《重修天元寺碑记》可知在重修前只有古刹基址,墙垣尽坍,碑碣无存。其时有善士张得顺、张凤鸣二人见天元寺满目荒凉,倍感伤心,于是产生发愿重修的决心。经过筹备,于民国十四年(1925年)开始兴工,落成于民国十五年四月,历时1年又3个月。现在的天元寺就是此次重修的,重修后,仍沿用天元寺之名。

重修天元寺碑记

尝考:黄金布地,祇园开说法文场;白马驮经,洛邑建传灯之寺。盖我佛以慈悲度世,众生因感觉蒙庥。非示以宝相之庄严,奚动夫群流之信仰,此象教之所由起,而善业之所由兴也。慨自世风日降,诈伪为愈口怀夺,相寻纷争不息,纵横杀伐,知浩劫之将临。权力凭陵,置公理于不顾;惟利是视,以刻为能;欲海横流,固有文□。天良几于澌灭净尽。天良澌灭,人类将何以生存?故仁人善士,夙具婆心者,亟亟振兴佛教会。讲明因果,阐发福罪,使人有所惩,而不敢为,有所劝,而训以化。由一乡一党拥而至大邑,通者借佛法之威灵,生宝祇之观感,庶几消除恶业,挽救狂澜,诚正本清源之无上法也。良邑所属大马村东首,旧有古刹基础,一区为良地,不及二亩修。去岁因事西行,经过是地,见其墙垣尽圮,碑碣无存,不知建于何代,废自何年。满目荒凉,鞠为禾黍,恻然伤之。遂勉竭绵力,发愿重为修,鸠工庀材,从新兴筑。计成正殿五楹,供奉释迦文佛、药师佛、阿弥陀佛三世尊。东西各三楹,左为娘娘殿,右为关圣殿。缭以周垣,前起山门,仍其旧名,榜曰天元寺。肇工于民国十四年夏正二月,落成于十五年四月。从此丹楹刻桷,重瞻庙貌之辉煌;捍患御灾,仰□神灵之庇护。即于风俗亦不无裨补。是为记。

(中华民国十有五年岁次丙寅夏历……建立)

村里人信佛的不多,但村子离开这座庙怕是不成。

结 束 语

有关大马村的话题还有很多,可我越写越觉得许多重要的都没写,而写出来的又都不满意,这真把我折磨得心力交瘁,痛苦得像草一样不能自拔。还好,这本书有字数要求,篇幅限制,就只好借坡下驴,见好就收吧。

乡　情

——房山区游子联络站印象

房山区游子联络站坐落在良乡西太平庄村的一个角落。仿古四合院制式，抄手游廊，雕梁画栋，古色古香。

院落异常宽大，站在门洞拍照，普通相机不用广角拍不全。

伫立院中，环视周庭，这个被称作游子之家的所在，令人心生莫名的怅惘——“当年的游子们果真有一份如此殷实的家业，又有谁会浪迹天涯，放野人生？”

四合院，京都民居。于此，便成一份隐喻。对于我们这样一个有着“离家十里便要写家书”传统的地方，当年要想突破“四面合围”的恋土羁绊，不是件容易的事；而如今，想要走出“四面围合”的乡愁，同样也是难上加难。

叶落归根，回来了！

四合院是盛斟乡愁最好的容器。

再将目光延展，院外高楼环峙。陡然颖悟，这样一个寸土寸金的地块儿，用于房产开发怕是有千万元的收入。然而，区委、区政府不惜重金将此地打造成联络四方游子的所在，魄力乎？眼界乎？胸怀乎？用句新疆话：真真是儿子娃娃！（北京话：够爷们！）

房山区游子联络站是区委、区政府研究成立的事业单位，不带有社会公共性，没有审批权、执法权；没有区有关部门印发的职能职责和“三定”方案，理论上也不过是出出“游子通讯录”，联络联络在外游子而已。

如此“务虚”的部门、“养老”的单位，生生让他们办得活色生香，声名远播，佳绩频出。游子们恋土有根，思乡有本，想说这里不是“家”都难！

游子中心主任肖树合，一位富态、仁厚的中年人，能聊善谈，一见面便与你掏心掏肺地交流，像极了邻居大哥。副主任陈秀玲，古道热肠，极像那种一进门便让你上炕暖和暖和的街坊大嫂。走进她狭小的办公室，沏茶倒水，摆上花生瓜子，一通忙乎。还不时四下踅摸，一会儿从柜顶取下一轴书画，一会儿从桌角捧出一个礼盒：“都带上，做个纪念，大老远来得不容易！”直让人心潮澎湃，双眼湿润。

“游子之家主人”的身份使得他们身上有着极富世俗的亲和力，“游子中心主任”的身份又使他们肩负着不输于任何一个行政事业单位领导人所具有的发展魄力与开拓远见。

从汇报材料上，我们了解到他们的工作：联游子、访友人、牵红线、引项目、办联谊、编规划、建网站、出画册、搞专刊……一年到头忙得“脚丫子朝天”。即便是这样，他们仍梳理出力度不够、手法单一、与游子联络不紧密等工作中的不足。面对新的一年，他们提出“明确两项重点，推进五项工程，完成五项具体工作，强化五项保障措施”的总体思路。

隔行如隔山，想不到如此“单一”的一项工作，硬是让他们搞得风生水起。或许，在房山区发展的宏图伟业中，游子中心的事业只是微小的一砖一石，但是他们认真的心态与勇执的性格，使得房山区的事业如良乡塔一般，虽为寻常砖石构造，但历经千年不倒。

因为他们深知：每一位在外漂泊的游子，都是一个外在的房山——闪烁着房山的形象，体现着房山的品格，彰显着房山的魅力。

如此说来，游子中心的意义可就大了去了！